Aus dem Leben gegriffen

Phantasie ist wichtiger als Wissen.
Wissen ist begrenzt, Phantasie aber um-
fasst die ganze Welt.

Albert Einstein

Ottilie Steinwarz

Aus dem Leben gegriffen

20 Kurzgeschichten

Bibliografische Information der Deutschen Nationalbibliothek:
Die Deutsche Nationalbibliothek verzeichnet diese Publikation in der Deutschen Nationalbibliografie; detaillierte bibliografische Daten sind im Internet über http://dnb.dnb.de abrufbar.

Umschlagfoto: Roland Steinwarz

Herstellung und Verlag: BoD – Books on Demand, Norderstedt

ISBN: 978-3-7494-2891-5

Inhaltsverzeichnis

Herbstwanderung

Kathrin schaute aus dem Fenster und beobachtete, wie sich die Nebelschleier langsam über den Wipfeln der Bäume auflösten. Die Sonne kam hervor und lud mit ihrer aufkommenden Wärme zu einer kleinen Wanderung in der näheren Umgebung ein.

Sie suchte sich auf ihrer frisch erstandenen Wanderkarte einen Rundweg aus. So in spätestens drei Stunden sollte sie wohl pünktlich zum Mittagessen zurück sein. Proviant würde sie für diese kurze Zeit nicht benötigen. Sie zog sich ihre Wanderschuhe und die Regenjacke an, dann verließ sie das Haus.

Kathrin lief ein paar Minuten, als sie auch schon den Wegweiser mit den vielen kleinen Richtungsangaben fand. *S. Atansweg, 1,8 km* stand dort schwarz auf weiß. Das ist ja nicht weit; auf der Karte sieht die Strecke länger aus, dachte sie und schlug den Weg zur gleichnamigen Hütte ein. Langsam stieg der geschotterte Pfad die Anhöhe hinauf an. Zur Rechten konnte sie den Ort mit der Kirche sehen. Links erhob sich nur der

Berg mit einigen Felsen, Farnen, Blaubeerbüschen und verschiedenen Bäumen. Die Laubbäume und Sträucher zauberten mit ihren herbstlich verfärbten Blättern bunte Farbtupfer in den Wald. Hinter der nächsten Wegbiegung verschwand der Ort aus ihrem Blickfeld. Immer noch ging es nach oben.

Komisch dachte Kathrin, ich bin sicher schon mehr als 1,8 Kilometer gelaufen. Aber, naja, möglicherweise liegt es doch am Bergauflaufen. Sie lief weiter, schaute nach einer Weile auf ihre Uhr und stellte fest, dass sie bereits eine Stunde unterwegs war.

Nochmals zwanzig Minuten später kam die Hütte in Sicht. Sie war aus dunkelbraunem Holz, düster, nicht gerade einladend. Fingerhut umgab sie und rechts postierten sich merkwürdig aussehende, schwarze Pilze, einen Hexenring bildend. Es war kälter geworden, der Wind hatte zugenommen und der Weg lag komplett im Schatten. Die Zweige der Bäume steckten so dicht ineinander, dass kein Sonnenstrahl mehr durch sie hindurchdrang. Auch hier standen Wegweiser. Merkwürdigerweise zeigten sie eine Entfernung von 3,6 Kilometern bis zum Ort. Sollten es nicht nur 1,8 sein? Kathrin zuckte mit den Schultern, suchte nach der Richtungsangabe für den Rundweg, fand ihn und kam nach gut 500 Metern an eine Wegegabelung. Von dieser Stelle gingen drei Routen ab, ohne Angaben, wohin sie führten.

Sie seufzte. Zurücklaufen kam für sie nicht in Frage, also entschied sie sich für den Weg, der ihrer Meinung nach in die korrekte Richtung lief. Nach circa einem Kilometer stand auf der linken Seite ein Jägerstand, der recht neu zu sein schien. Sie marschierte an ihm vorbei, noch einen Kilometer, danach war die Welt zu Ende. Der Weg führte in einem großen Kreis über eine Lichtung, an deren Rand sich mehrere Bienenkästen befanden, und dann retour zum Hochstand.

»Mist!«, fluchte Kathrin. Also zurück zur Gabelung und eine andere Richtung einschlagen. Sie schaute auf die beiden verbliebenen Möglichkeiten und begann mit einem Kinderreim abzuzählen, welchen sie nehmen sollte. Die Entscheidung fiel auf den rechten, er führte bergab. Auf der Seite plätscherte ein schmaler Bach ins Tal hinab und begleitete den Weg. Erst jetzt bemerkte sie, wie still es hier war, totenstill. Kein Vogelzwitschern, kein Rascheln im Unterholz von irgendwelchen Mäusen oder kleinen Tieren, nicht einmal das Summen einer Fliege waren zu hören. Sie blieb stehen, schaute auf ihre Uhr und fluchte abermals. Mittag war bereits vorbei und ihr Magen meldete sich mit einem leisen Grummeln.

Kathrin begann die Wanderkarte, die Wegweiser und den Rundweg zu verdammen. Nicht eine Menschenseele begegnete ihr, die sie hätte fragen können, ob sie wenigstens auf dem richtigen Weg sei. Also vorwärts! Die Schotterpiste führte jetzt in einem großen Bogen um den Berg herum, erneut nach oben.

Nach einer weiteren halben Stunde fand sie sich an dem mittleren Weg der Kreuzung wieder. Sie meinte, ein leises Lachen auf der Rückseite eines Holzstapels gehört zu haben. Aber da war niemand. Abermals ertönte das Kichern. Sie drehte sich schnell um und sah zwei kauzig aussehende Männchen, die einen Baumstamm trugen, hinter dem Stapel im Wald verschwinden. Sie reagierten nicht auf ihr Rufen.

»Das darf doch nicht wahr sein!«, schimpfte sie nun laut. Allerdings war keine Menschenseele da, die es gehört hätte.

Frustriert und frierend ging sie zurück zur Hütte und erreichte diese, als die Dämmerung einsetzte. Zu allem Überfluss setzte nun noch ein Regen ein, der in kürzester Zeit immer heftiger wurde und in ein Gewitter überging. Überraschend schnell breitete sich Dunkelheit aus und Kathrin hatte Probleme den Weg zu finden, den sie hier heraufgekommen war. Irgendwie waren die Wegweiser verschwunden. Sie drehte sich im Kreise, blieb wie angewurzelt stehen und blickte mit weit aufgerissenen Augen auf die Hütte. Die ersten fünf Buchstaben des Hüttennamens loderten feuerrot in der Finsternis.

Zwei Wochen später fand eine Gruppe Wanderer Kathrin mit schreckgeweiteten Augen, zusammengekauert auf der hintersten Bank in der Hütte sitzend. Sie hatte sich wohl verirrt und war dann verhungert.

Reise ans Meer

Luise eilte den langen, grellweißen Gang im Krankenhaus entlang. Einige Kunstdrucke mit Landschaftsbildern hingen als Farbtupfer an der Wand. Sie suchte die Nummer 227, fand sie, nachdem sie am Ende des Korridors abgebogen war, klopfte an und trat ein. In dem Raum stand nur ein Bett. Aus diesem lächelte sie eine alte Dame aus schneeweißer Bettwäsche an. Es handelte sich um ihre Großmutter. Hannelore Drumstedt erlitt gestern einen Herzanfall und die Ärzte gaben ihr noch ein, zwei Tage.

»Omi, was machst Du nur für dumme Sachen«, flüsterte Luise.

»Du kannst ruhig lauter sprechen. Außer uns beiden ist niemand im Zimmer.«

»Du wirst bestimmt bald wieder gesund sein und mit nach Hause kommen.«

»Ach, Kind. Ich befinde mich nunmehr seit neunundachtzig Jahren auf diesem Planeten, habe ein langes Leben hinter mir. Jetzt ist es eben an der Zeit zu gehen. Aber bevor ich das tue, hege ich den Wunsch, Dir noch etwas anzuvertrauen«, bat die Großmutter. »Setz Dich doch bitte hin. Hier auf das Bett. Ich möchte Deine Hand halten.«

»Um was geht es, Omi?«

Und die alte Dame begann zu erzählen.

Hannelore zog sich die Lippen in einem zartrosa Ton nach, schaute nochmals in den Spiegel, ob ihre Frisur saß. Dann verließ sie das Bad in Richtung Küche. Auf dem Tisch lagen, ordentlich aneinandergereiht, ein Portemonnaie, ein Briefumschlag, Taschentücher, Autopapiere, ein Schlüsselbund und ein Röhrchen mit Tabletten. Sie steckte alles, außer den Schlüsseln, in ihre Handtasche, schritt durch den Flur, nahm ihre Jacke und schloss die Haustür hinter sich ab.

Die Sonne schien auf den gepflasterten Weg vor dem Haus. Sie ging auf den Mercedes zu, Bertram saß bereits auf dem Beifahrersitz und die Koffer lagen wohl verstaut im Kofferraum. Heute würde sie fahren. In den dreißig Jahren ihrer Ehe war es das dritte Mal, dass sie so weit chauffierte. Kurze Strecken, also mal einkaufen, durfte sie öfter. Das erste Mal war vier Wochen nach der Hochzeit, als Bertram einen Auftrag für die Firma fertig stellen musste und drei Tage später mit der Bahn nachreiste. Vor acht Jahren brach er sich das Bein, als er in der Küche eine Glühbirne austauschte und der Stuhl, auf dem er stand, unter ihm wegkippte. So musste sie notgedrungen hinter das Steuer. Wenn sie fuhr, schlief er, meist die gesamte Strecke. Sehr unterhaltsam, stellte sie ironisch fest. Sie nahm auf dem Fahrersitz platz, startete den Wagen.

»Auf geht's, Richtung Nordsee! Wie seit dreißig Jahren, so auch dieses Jahr. Wenigstens scheint die Sonne. Letztes Jahr hat es ja ununterbrochen geregnet. Du erinnerst Dich? Alles war grau. Die Straßen. Die Häuser. Das Meer. Deine Laune. Einfach alles.«

Sie ließ das Fahrzeug langsam die Ausfahrt hinunterrollen, bog rechts auf die Straße ab und nahm Kurs auf die Autobahn.

»Hoffentlich geraten wir dieses Jahr nicht wieder in einen Stau. Sieben Stunden haben wir gebraucht. Sonst benötigten wir nur vier.«

An einer Ampel musste sie halten. Sie musterte ihren Mann von der Seite. Alt war er geworden, sein rauchfarbenes Haar immer noch voll. Mit seinem ebenfalls grauen Bart sah er wie ein in die Jahre gekommener Seebär aus, bediente damit jedes Klischee eines Nordseeurlaubers. Die Haut um seine Augen war glatt. Andere Menschen verfügten an diesen Stellen über Lachfalten. Er nicht. Seine Humorlosigkeit und Spießigkeit trieben ihre beiden Kinder Anja und Max bereits nach Abschluss ihrer Ausbildung aus dem Haus. Fluchtartig gingen sie, ließen jahrelang nichts von sich hören.

Die Ampel wechselte auf grün. Weiter ging's. Nach gut einem halben Kilometer erreichte sie die Autobahn. Bertram war wie immer nicht sehr gesprächig. Er sprach nie viel, jedenfalls nicht mit ihr. Er heiratete sie wohl nur wegen ihrer Mitgift. War keine Million, aber für den Bungalow und ein neues Auto reichte das Geld. Er baute eine Klischeefamilie auf: Ehepaar mit zwei Kindern, zwei Stufen der Karriereleiter nach oben. Danach endete seine Liebe zu ihr. Im Büro und seiner Arbeit fand er seine Erfüllung, fragte selten, wie es ihr ging oder was sie interessierte, nach ihren Wünschen. Dafür bekam er eine frische Mitarbeiterin. Zweiundzwanzig Jahre alt, rothaarig wie Pippi Langstrumpf. Mit ihr unterhielt er sich prächtig. All das erfuhr sie von seiner Sekretärin Uschi, einer drallen Fünfzigjährigen. Sie entsprach wohl auch nicht seinen Idealvorstellungen, was sich darin äußerte, dass er ihr ohne eine Erklärung Unterlagen hinlegte, in der Erwartung, dass sie wüsste, was zu tun sei. Er ahnte nicht, dass Uschi und sie befreundet waren.

Wenn es hochkam, wechselten sie und Bertram zwanzig Worte am Tag. Nur das Notwendigste: Hast Du schon mein kariertes Hemd gebügelt? oder Wo sind meine schwarzen Socken? oder Die Zahnpasta ist alle!

»Warum habe ich Dich eigentlich geheiratet?«

Sie blickte ihn kurz an. Seine Augen waren fest geschlossen.

»Wissen wir wahrscheinlich beide nicht mehr«, antwortete sie sich selbst. »In Ordnung. Du hast gut verdient. Wir besitzen ein nettes Haus, zwei reizende Kinder - keine Freunde. Außer Deinen aus dem Schachklub. Unser Leben ist ziemlich langweilig und einsam verlaufen. Mit Ausnahme von Deinem in den letzten Wochen. Findest Du nicht?« Eine Träne verließ ihren Augenwinkel, rollte über die Wange, wo sie energisch weggewischt wurde.

Sie erhielt keine Antwort. Klar, die Frage war überflüssig. Sie hatte außerdem die magische Grenze von zwanzig Worten längst überschritten.

»Da vorne kommt ein Rasthof. Magst Du einen Kaffee? Nein? Ich aber! Hast Dich heute Morgen ja schon beschwert, der sei zu bitter.«

Sie fuhr raus, parkte den Wagen an einem schattigen Platz und stieg aus. Er blieb sitzen. Sie zuckte mit den Schultern, ging in die Raststätte. Während sie frühstückte, beobachtete sie die vorbeieilenden Menschen. Anschließend suchte sie noch das stille Örtchen auf. Danach schlenderte sie zurück zum Auto, sank wieder hinter das Steuer und rollte los.

Fünf Minuten später hatte sie das blinkende Ende eines Sattelschleppers vor sich. Etwas weiter weg flackerte das blaue Warnlicht von Polizei und Feuerwehr. Alles quetschte sich auf die rechte Fahrspur. Auf der linken hatte es gekracht. Im Vorbeifahren sah Hannelore einen auf der Seite liegenden Kleinwagen. Er klemmte in der Leitplanke. Die Feuerwehrleute versuchten, die Tür zu öffnen. Und schon war sie vorbei.

Noch etwa fünfzehn Minuten, dann ging es über die Landstraße weiter. Für sie der schönste

Teil der Strecke. Bertram war das egal, Hauptsache endlich am Ziel.

Sie fuhr durch kleine Ortschaften mit roten Backsteinhäusern, genoss das gelbe Leuchten der blühenden Rapsfelder, dazwischen grüne Weiden mit schwarzbuntem Milchvieh. Auch nach dreißig Jahren gefielen ihr die bunten Farben der Landschaft, der salzige Geruch der Luft.

Der Ort, in dem sie seit dreißig Jahren in derselben Ferienwohnung übernachteten, verschwand im Rückspiegel. Jetzt ging es erst einmal in Richtung Nordsee, direkt ans Meer. Sie lenkte den Wagen auf einen Weg, der geradewegs zum Strand führte. Sie näherte sich einer Bank, hielt hinter ihr an. Aus dem Kofferraum holte sie eine graue Wolldecke und breitete sie auf der weißen Holzbank aus. Fünf Minuten später saß sie neben Bertram auf der Bank.

»Hat es Dich in den letzten dreißig Jahren eigentlich je interessiert, was ich denke oder fühle?«

Sie erhielt keine Antwort und fuhr fort: »Dreißig Jahre Urlaub an der Nordsee. Immer im gleichen Ort.«

Sie erhob sich, blickte auf das grauschimmernde Wasser. Es war ruhig. In der Ferne sah sie ein Schiff vorüberziehen. Zwei Möwen stritten sich laut kreischend in der Luft.

»Seit dreißig Jahren immer auf derselben Bank sitzen und auf das Meer starren. Dreißig Jahre und nicht einmal in ein Restaurant gegangen, immer selbst kochen. Das bedeutet, ich stand in der Küche. Wie zu Hause. Und Deine stetige Nörgelei über das Essen. Da ist man schon mal am Meer und dann heißt es: Bloß keinen Fisch!«

Sie schüttelte den Kopf, zeigte mit der Rechten zum Horizont.

»Sylt, Föhr und Amrum liegen einen Katzensprung von hier. Nach Dänemark ist es auch nicht weit. Aber nein! Bloß nicht ins Ausland!«

Sie wandte sich ihm zu, schlug ihm die Wolldecke um die Beine und ein Lächeln huschte über ihr Gesicht.

»Jetzt kannst Du hier sitzen auf Deiner heißgeliebten weißen Holzbank, auf das Meer starren und den Möwen beim Fischen zugucken. Bis Du verrottest! Das hast Du Dir doch schon immer gewünscht.«

Sie legte noch das Tablettenröhrchen aus der Handtasche neben ihm ab.

»War wohl was anderes drin, als draufsteht«, grinste sie ihn an, stieg ins Auto und startete.

Das Fenster glitt nochmals hinab und sie rief ihm zu: »In zwei Stunden geht mein Flug. In die Rocky Mountains. Das habe ich mir immer schon gewünscht.«

Hier endete die Erzählung von Hannelore.

Luise sah sie stumm an, schüttelte den Kopf. »Das ist nicht wahr, Omi. Sag, dass es nur erfunden ist.«

»Ich bin müde, mein Kind. Leb wohl.« Die alte Frau lächelte, zwinkerte ihrer Enkelin zu und schloss die Augen.

Max

Max kletterte auf das Sofa, stützte sich an der Rückenlehne ab, schob die Gardine zur Seite und sah zum Fenster hinaus. Es war später Nachmittag und die Dämmerung zog herauf. Draußen überzog eine pudrige Schicht die Straße mit den Vorgärten, ihren Bäumen und Sträuchern darin. Die weiße Decke wurde immer dicker durch langsam vom Himmel herab trudelnde Schneeflocken. Die Welt verwandelte sich in ein Zauberreich, durch das Max jetzt gerne gehüpft wäre. Er liebte es, über den Schnee zu rennen und zu springen, ihn mit einem wilden Muster seiner Fußabdrücke zu versehen.

Aber nun war er hier drinnen alleine. Alleine zuhause. Der Rest seiner Familie besuchte heute den Weihnachtsmarkt in der Stadt. Dorthin durfte er nicht mit. Der Grund dafür war einfach zu blöd: Er hatte dummerweise einmal auf dem Wochenmarkt, direkt vor dem Käsestand, ein großes Geschäft hinterlassen. Der Geruch vom Käse und seiner Hinterlassenschaft besaßen, seiner Meinung nach, identische Duftkomponenten.

Na ja, vielleicht nur in einer winzigen Nuance ...
Seitdem durfte er jedenfalls nicht mehr mit.
Macht auch nichts, stellte er fest, mache ich es
mir eben hier bequem. Es gab eine Reihe Örtlich-
keiten, wo er normalerweise nicht hindurfte. Das
Sofa gehörte auch dazu. Er testete es in sämtli-
chen Lagen aus, in einer Ecke zusammengerollt,
auf dem Rücken oder halt aus dem Fenster
schauend.

Mal nachsehen, was es in der Küche gibt, überlegte er, kratzte sich hinter dem linken Ohr,
schüttelte sein braunes, lockiges Fell kräftig, so
dass einige Haare durch die Luft wirbelten, und
sprang von der Couch. Ein Napf war randvoll mit
Trockenfutter gefüllt, daneben das Wasser. Er
missachtete es schmollend und machte sich auf
die Suche nach etwas Köstlicherem. Doch sowohl
der Kühlschrank wie auch der Vorratsschrank, in
beiden gab es ein wahres Schlaraffenland, zeigten sich heute von ihrer verschlossenen Seite.

Aufseufzend trottete er in den Flur. Hinten
links war die Tür nur angelehnt. Er schubste sie
mit der Schnauze auf und spähte in den Raum.
Niemand drin! Er durfte hier eigentlich nicht hinein. Das war heute seine große Chance, endlich

das Schlafzimmer zu inspizieren. Er ließ sich auf den weichen Teppich mit dem langen weißen Haar fallen, rollte sich von rechts nach links und robbte auf das Bett zu. Es stand mitten im Raum, mit weißen Laken, Kissen und Decken bestückt. Er schnüffelte es von der einen bis zur anderen Seite ab. Dann nahm er es in Besitz, indem er erst seine rechte Vorderpfote darauf legte und dann die linke folgen ließ. Schön weich, befand Max und zog die Hinterpfoten hinauf. Er drehte sich ein paarmal im Kreis, ließ sich auf den Rücken fallen und rutschte so über das gesamte Bett. Irgendwie sieht es jetzt anders aus, sinnierte er kurz und biss in eines der Kissen, um es sich in eine ihm bequemere Position zu zerren. Aber irgendwie war das Ding platt. Dummerchen, schalt er sich selbst, du musst es aufschütteln, so wie Frauchen das immer macht. Gesagt, getan!

Zu seiner Überraschung schneite es plötzlich im Raum. Super! Mehr davon! Er sprang mit dem Kissen in der Schnauze vom Bett, zerrte es durch den Flur auf das Sofa im Wohnzimmer. Wieder schüttelte er es heftig und eine Menge weicher, weißer Flocken stoben durch den Raum. Die Federn ließen sich gleich Schneeflocken, locker und leicht, auf Möbeln und Boden nieder.

Besser hätte Frau Holle das auch nicht hinbekommen, dachte er, legte sich völlig erschöpft, aber glücklich, auf der weißen Pracht auf der Couch nieder und schlief kurz darauf ein.

»Nein!«, gellte ein Schrei und schreckte Max aus seinen Träumen hoch. Er blickte direkt in ein wütendes Frauchengesicht. War was nicht in Ordnung?, überlegte er, gähnte, streckte sich und sprang vom Sofa. Eine Feder legte sich auf seine Nasenspitze und er musste niesen. Was war falsch an dieser wunderbar weißen Welt?

Albtraum

Ich muss hier raus! Verdammt, warum habe ich auch nicht besser aufgepasst. Ich wusste doch, dass sie dort oben lauern. In düsteren Ecken, wo sie von niemandem gesehen werden. In Winkeln, in die niemand schauen kann. Am liebsten gehen sie nachts auf die Jagd. In der Dämmerung, wenn das Licht nur noch schummerig die Wände beleuchtet.

Ich habe sie einfach nicht gesehen. War so beschäftigt damit, nach oben zu kommen, dass ich nicht mehr darüber nachgedacht habe, wie gefährlich es sein könnte, dorthin zu gehen.

Sie packen dich, wickeln dich ein. Ohne süßes Geplappere, ohne irgendwelche verlockenden Gesten. Aber kaum hat man sich versehen, haben sie einen am Schlafittchen. Blitzschnell wirst du eingewickelt, dann hängst du da, versuchst verzweifelt aus dieser prekären Lage wieder herauszukommen.

Ich will hier endlich wieder raus! Verdammt, ihr da unten, glotzt mich nicht bloß an, helft mir lieber! Habt ihr was mit den Augen? Ich bin hier!

Hier oben! Klar, das Licht reicht wahrscheinlich nicht bis hier hin. Ihr hockt da, stopft Essen in euch hinein, murmelt unbedeutsame Phrasen über eure Arbeit, die ach so wichtig ist. Das Neueste aus der Flimmerkiste über einen dümmlichen Typen, der nicht mal ein Glas Wasser trinken kann, ohne zu schlabbern, wird kichernd hingenommen. Aber meine Hilferufe überhört ihr einfach. Warum? Warum hilft mir denn keiner?!

Auf euren Tellern liegt etwas bis zur Unkenntlichkeit erhitzt, gekocht, gebraten. Welches Wesen hat für euch sein Leben ausgehaucht? Ihr seid auch nicht besser, als dieses schwarze Ungeheuer in seiner verdammten Ecke! Glaubt ihr allen Ernstes, wir hätten keine Gefühle?

Oh Gott, da kommt sie! Sieht mich an mit ihren schwarzen Augen. Warum hat sie nur so viele davon? Tastend nähern sich ihre Arme, ihre Beine. Ihre Kiefer mahlen, bohren sich in meinen Körper. Ich werde müde, der Schmerz lässt nach, es wird dunkel …

Martin wachte in Schweiß gebadet auf. Sein Kopf dröhnte, als befände er sich in einem Schraubstock, der sich im Schneckentempo schloss. Er saß in einem Sessel, hinter sich die Wand. Gegenüber ahnte er ein Fenster. Beine und Arme waren so gefesselt, dass er sich nicht bewegen konnte, komplett eingeschnürt. Seine Hände existierten nicht mehr, ein absolutes Taubheitsgefühl hatte sich ihrer ermächtigt. Langsam gewöhnten sich seine Augen an das Halbdunkel. Sein Blick schweifte Richtung Zimmerdecke. In der Ecke zwischen Wand und Decke saß eine Winkelspinne, die ihrem Namen alle Ehre machte. Groß und fett, mit acht langen Beinen. Vor ihr befand sich ein sorgsam verschnürtes Paket, darin wohl ihr Abendessen. Er schaute zum Fenster hinunter. Durch die Ritzen der herabgelassenen Jalousien schlich die Dämmerung herein. Langsam kam die Erinnerung, wessen Abendbrot er vermutlich sein würde.

Sie saß in einem Schaukelstuhl neben dem Fenster und grinste ihn an. Sie hatte keine acht Arme, war jedoch komplett schwarz gekleidet. Er erinnerte sich, dass sie Antonia hieß. Er stieß gestern mit ihr im Supermarkt zusammen, als er um ein Regal kurvte und in diesen verdammten engen Gang mit den Nudelangeboten abbog. Einkaufswagen gegen Einkaufswagen. Er stotterte eine Entschuldigung. Sie lächelte nur und schlug vor, er könne sie ja zu einem Kaffee einladen. Gesagt, getan. Danach lud er sie zum Essen ein und sie trafen sich abends beim Griechen. Die nächste Einladung kam von ihr, zu ihr nach Hause. Das konnte er einfach nicht ausschlagen. Es gab noch ein, zwei Glas Wein. Im Anschluss daran fiel seine Erinnerung aus, bis dass er in seiner misslichen Lage aufwachte.

»Was soll das? Was hast du vor?« Sein Kopf hämmerte immer noch.

Sie stand auf, kam gemächlich zu ihm, strich ihm durch das Haar und beugte sich zu ihm herunter: »Was glaubst du?« Ihr Grinsen wurde breiter.

Martin erschien sie mittlerweile nicht mehr so bezaubernd wie gestern. »Ich hatte einen Traum. Einen Albtraum. Du hattest eine Hauptrolle darin.«

»So?«

Knapp fand er ihre Frage, antwortete nicht sofort. Sollte er ihr von der Spinne erzählen? »Mach mich bitte los«, bat er stattdessen.

»Nein, werde ich nicht tun«, damit drehte sie sich um. Von einem kleinen Tischchen, das neben dem Schaukelstuhl stand, holte sie ein schmales Holzkästchen. Dieses vor sich hertragend kehrte sie, immer noch lächelnd, zu ihm zurück.

»Was ist das?«

»Du bist neugierig«, bemerkte sie spöttisch. »Wenn du annimmst, es sei etwas für dich, dann hast du recht.« Sie ging vor ihm in die Hocke und öffnete das Kästchen.

Martin zuckte zusammen. Er hatte eine Spritze erwartet, vielleicht mit einem Betäubungsmittel oder sogar Gift bestückt. Jedoch das, was in dem Kästchen war, ließ ihm einen eiskalten Schauer den Rücken herablaufen.

»Sie sind ein Geschenk von mir. Für dich. Hübsch, nicht? Sie heißen übrigens Mathilde und Klara.« Mit diesen Worten kippte sie den Inhalt der Schachtel auf ihn.

»Nein!«, schrie Martin. Er hasste Spinnen. Besonders so fette. Zwei Prachtexemplare aus der Gattung der Bananenspinnen machten sich in Richtung auf sein Gesicht auf den Weg. Sie bewegten sich langsam, sehr langsam. Dann spürte er ihre Beine an seinem Hals. Er zuckte, versuchte sich loszureißen. Seine heftigen Bewegungen veranlassten nur, dass die Spinnen zubissen.

»Bevor es dunkel wird«, hörte er Antonia boshaft flüsternd, »möchte ich dir noch mitteilen, dass ich Spinnen liebe. Ah, ... und noch was: Dich werde ich im Wald verscharren. Hab bereits ein nettes Plätzchen ausgesucht.« Sie ging zu ihrem Schaukelstuhl zurück, setzte sich hinein und wippte gemächlich vor und zurück, vor und zurück, ihn sorgfältig beobachtend.

Langsam wurde die Welt um Martin schwarz ...

Der Teddybär

»Tschüss Schatz!«, rief Yvonne.

»Tschüss!«, murmelte Thomas, sich seine Regenjacke überziehend.

Er hatte verschlafen, schnappte seine Tasche, eilte durch den Flur Richtung Tür, trat auf den gepflasterten Weg. Es nieselte. Sein Auto parkte vor dem Haus auf zwei Reihen Pflastersteine, die in den kurz geschorenen Rasen eingelassen waren. Er nahm hinter dem Steuer Platz, befestigte sein Smartphone in der dafür vorgesehenen Halterung der Freisprechanlage. Dann startete er den silbernen Kombi. Langsam kullerte er die Ausfahrt entlang, bog rechts ab auf die schmale Wohnstraße, den Kastanienweg. Beiderseits befanden sich gleichaussehende Reihenhäuser. Alles war gleich. Anzahl der Stockwerke, Fassadenfarbe, sogar die Vorgärten: kurzgeschorenes Gras mit Rhododendronbüschen, Hortensien und Rosen. Es gab keine Bäume, außer hier und da einen Straßenbaum, jedoch nicht die Spur einer Kastanie, nur Platanen. Niemand hatte Lust, geschweige denn, dass er sich die Zeit nehmen wollte, im Herbst die Blätter wegzufegen. Die einzigen Unterscheidungsmerkmale waren die Hausnummern und die Briefkästen. Sie standen auf Stützen oder hingen am Mauerwerk befestigt in verschiedenen Formen und Farben. Der Auffälligste in der Straße gehörte seinen Nachbarn. Er prangte als quietschgelbes Vogelhaus in der Zufahrt.

»Recht hat er«, grummelte Thomas und beschloss, eine Reihe Salate in seinem Vorgarten anzupflanzen.

Von der Wohnstraße ging es auf die Buchenallee, danach Richtung Norden zur Autobahn. Thomas schaltete das Radio ein. Er hörte sich jeden Morgen die Nachrichten an. Immer das Gleiche. Irgendwelche Abstimmungen im Bundestag, im Landtag war ein Gesetz verabschiedet worden, im Sport die üblichen Fußballergebnisse und das Wetter würde bleiben, wie es ist. Eine Fünfjährige wurde seit gestern vermisst und die Fahndung lief. Sie war auf dem Nachhauseweg von einer Freundin, die im Nachbarhaus wohnte, verschwunden. Passanten hatten beobachtet, wie das Kind in einen schwarzen SUV stieg. Den fand man heute in der Frühe verlassen auf einem Autobahnrastplatz.

Er würde etwa eine drei viertel Stunde bis zu seinem Büro benötigen. Durch die aufsprühende Gischt der vorausfahrenden Fahrzeuge konnte er nur langsam fahren. Die Scheibenwischer bewegten sich im schnellsten Modus, der einzustellen war, über die Windschutzscheibe. Ab und zu gaben sie ein quietschendes Geräusch beim Vorwärtswischen und ein kratzendes beim Zurückwischen von sich. Er schaltete das Radio ab.

Nachdem er einen Sattelschlepper und einen Reisebus überholt hatte, fuhr er auf einen kleinen, grauen Lieferwagen zu, dessen Rücklichter im Näherkommen in einem immer kräftigeren Rot leuchteten. Der Wagen besaß in einer seiner rückwärtigen Türen ein defektes Fenster, das mit einem grauen Karton notdürftig verschlossen war. Der Transporter scherte aus, um an einer Brummikolonne vorbei zu fahren.

Das mache ich wohl besser auch, dachte Thomas und setzte zum Überholen an. Der Kleintransporter befand sich direkt vor ihm.

»Beweg dich schneller, du lahme Ente!«, motzte er vor sich hin.

Das Fahrzeug scherte vor der Kolonne wieder ein und er fuhr an ihm vorüber.

Der Regen hörte auf. Er schaltete sein Radio zum wiederholten Male an und summte das Lied, das gerade lief, mit. Es war sein Lieblingslied beim Autofahren. Aus den Augenwinkeln sah er, wie sich ein grauer Schatten näherte und an ihm vorbeiflog. Der Karton war offensichtlich aus dem Fenster heraus gefallen. Jedenfalls klaffte jetzt dort eine schwarze Öffnung.

»Idiot!«, murmelte Thomas.

Fast gleichzeitig flog aus dem kaputten Rückfenster etwas auf ihn zu. Mit einem lauten Knall landete ein Teddybär auf seiner Motorhaube, starrte ihn den Bruchteil einer Sekunde aus seinen runden Knopfaugen an und segelte anschließend in hohem Bogen bis auf die Standspur.

»Verflucht! Was war denn das?«

Er erschrak sich so sehr, dass er auszuweichen versuchte. Das Ausweichmanöver ließ seinen Wagen auf der nassen Fahrbahn ins Schlingern geraten. Mit Hilfe vieler lauter Flüche fing er das Fahrzeug wieder ab. Er kam auf der Standspur zum Stehen.

»Das war ja jetzt wohl vollkommener Unsinn von mir«, stellte er fest. Und nun redete er auch noch mit sich selbst.

Er schüttelte den Kopf und schaltete das Warnblinklicht ein. Im Rückspiegel konnte er den Teddybären erkennen. Während er auf der Rückseite der Leitplanke zu dem Plüschtier eilte, rief er die Polizei mit seinem Smartphone an und schilderte den Vorfall.

Danach lief er zurück, legte den nassen Bären in den Fußraum auf der Beifahrerseite und folgte dem Transporter. Wenig später holte er das Fahrzeug ein und heftete sich an ihn. Plötzlich bog es auf einen Rastplatz ab. Thomas fuhr hinterher, hielt aber in gebührendem Abstand.

Kurz darauf erreichten zwei Polizeiwagen den Parkplatz; einer parkte direkt vor und einer dicht hinter dem grauen Wagen. Vier Beamte entstiegen den Polizeifahrzeugen. Thomas ging auf sie zu. Einer der Polizisten nickte, und bedeutete ihm stehen zu bleiben.

Dann wandten sie sich dem Kleintransporter zu.

»Steigen Sie doch bitte einmal aus«, forderten sie den Fahrer auf.

»Warum denn?«

»Aussteigen und die rückwärtigen Türen öffnen!«

Das klang nun gar nicht mehr wie eine Bitte und der Mann sah wohl ein, dass er keine Chance hatte, zu entkommen. Also tat er, was man von ihm verlangte.

Einer der Beamten trat vor den geöffneten Wagen.

»Hast Du den Teddybären aus dem Fenster geworfen?«

Aus dem Inneren kletterte ein kleines Mädchen heraus. Es war die gesuchte Fünfjährige. Schüchtern nickte sie und begann zu weinen.

»Was ist?«, fragte der Polizist die Kleine.

»Bruno war mein bester Freund. Und nun ist er weg.« Sie schluchzte erneut.

Einer der Beamten winkte Thomas zu. Der wandte sich kurz ab und fischte etwas aus dem Fußraum seines Autos. Dann ging er zu dem Polizisten und dem Kind. Er lächelte, versteckte irgendetwas hinter seinem Rücken. Thomas begab sich vor dem Mädchen in die Hocke.

»Ist das Bruno?«, erkundigte er sich und hielt der Kleinen einen braunen, nassen Plüschbären entgegen.

»Ja!«

»Dann komm. Wir werden Bruno erst einmal etwas zum Überziehen besorgen. Er friert bestimmt. Sicher helfen dir deine Eltern, ihn zu baden.«

Er holte aus dem Kofferraum eine alte Decke und wickelte das Kind und den Bären darin ein.

»Kann ich jetzt weiterfahren? Im Büro wartet man garantiert bereits auf mich«, erkundigte er sich daraufhin bei einem der Polizisten.

»Danke. Ohne Sie hätten wir die Kleine gewiss noch nicht gefunden.«

»Und ohne Bruno auch nicht«, meinte Thomas lächelnd.

Das Spiel

Seit drei Wochen trafen sich Lisa und Martin Bergmann mit Jasmin und Klaus Walterscheid zu einem Spieleabend, immer am Donnerstagabend um neunzehn Uhr. Heute fungierten die Bergmanns als Gastgeber. Sie verbrachte den freien Nachmittag damit, einkaufen zu gehen und diverse Häppchen anzufertigen. Er war für Trinkbares zuständig, schleppte ächzend einen Kasten Bier und einen Karton mit Rotwein die Treppe hoch. Wenn man nicht gerade schwere Anschaffungen in den zweiten Stock hieven oder runter bugsieren musste, war die Lage der Wohnung wunderschön. Das meinte jedenfalls Lisa. Martin stellte die Getränke im Flur ab, kam stöhnend wieder in eine aufrechte Position und massierte sich den schmerzenden Rücken im Lendenwirbelbereich.

»Warum tun wir uns das eigentlich jede Woche an?«

Lisa lächelte ihn verschmitzt an: »Weil es uns Spaß macht? Hab dich nicht so. Nächstes Mal sind wir die Eingeladenen.« Damit verschwand sie wie gehabt in der Küche.

Martin hörte sie dort ein Lied summen und mit Geschirr klappern.

»Die haben es gut«, meinte er und lehnte sich an den Türpfosten.

»Wieso?«

»Naja, wenn man im Erdgeschoss wohnt ...»

Lisa drapierte gerade Kräcker kunstvoll mit Salat und Lachs neben kleinen, runden Pumpernickelscheibchen mit Trüffelleberwurst auf einem silbernen Tablett. Sie stellte es zu einer Obstschale, die sie mit Äpfeln, Trauben, Bananen, Erdbeeren und Physalis gefüllt hatte. Daneben warteten ein Korb mit verschiedenen Brotsorten sowie zwei Schüsseln. Die eine beherbergte einen Nudelsalat und die andere Kartoffelsalat. Auf einem Holzbrett lagen geräucherter Schinken aus dem Schwarzwald und italienische Salami.

»Davon werden wir uns wieder den Rest der Woche ernähren«, meckerte Martin.

»Auch das wirst du überleben.«

Es klingelte an der Haustür. Martin sah Lisa fragend an. Sie zuckte nur mit den Schultern und so trottete er zur Tür.

»Oh, ihr seid schon da. Das ist aber schön.
Kommt rein! Die Spiele können beginnen!«

Martin kam grinsend mit einem großen Blu-
menstrauß in die Küche. »Rate mal, wer da ist?«

»Das ist doch nicht wahr«, flüsterte Lisa und
holte eine Vase aus dem Schrank. »Wieso so
früh? Es ist erst sechs Uhr.«

»Sie hatten sicher Sehnsucht nach uns, besser
gesagt nach deinen kulinarischen
Köstlichkeiten.«

»Sollen sie doch dran ersticken!«, raunte sie.

»Ich kümmere mich dann mal um die beiden«,
seufzte Martin, runzelte die Stirn und verschwand Richtung Wohnzimmer.

Während Martin den Gästen Getränke servier-
te, trug Lisa ihr Festmahl auf.

»Oh, das sieht ja köstlich aus«, flötete Jasmin.

Im Gegensatz zu dir! Wieder im Malkasten ge-
schlafen?, dachte Lisa und lächelte der ihrer Meinung nach immer zu sehr geschminkten Jasmin
zu.

»Lasst es euch schmecken«, meinte Martin,
derweil Lisa an seiner Seite Platz nahm.

»Mmh, die Leberwursthäppchen sind einfach himmlisch«, lobte Klaus und leckte sich schmatzend einen Leberwurstkrümel vom Finger.

»Ja geradezu göttlich!«, hauchte Jasmin und schob sich einen Kräcker in den feuerrot umrandeten Mund.

»Dann greift mal ordentlich zu«, forderte Lisa die beiden auf.

Martin versuchte ebenfalls eines der Canapés zu erhaschen, aber Lisa hielt seine Hand unter dem Tisch fest und schüttelte nur mit dem Kopf.

»Was ist?«, fragte Martin. »Ich habe auch Hunger.«

»Die sind nur für unsere Gäste! Ganz speziell angefertigt. Und wirklich himmlisch.«

»Wie meinst du das?«; flüsterte Martin.

»Du wirst sehen«, orakelte Lisa und lächelte ihn auffordernd an.

Eine viertel Stunde später, Klaus stieß gerade mächtig auf, begann Martin zu ahnen, was Lisa meinte. Jasmin schnappte plötzlich nach Luft und lief erst grün, dann blau an. Sie kippte einfach nach vorne um und blieb mit dem Kopf auf ihrem Teller voller Nudelsalat liegen. Ihre Augen waren weit geöffnet, zwischen den Schneidezähnen schaute ihre Zungenspitze heraus. Klaus starrte entgeistert, öffnete den Mund, um etwas zu sagen, rülpste erneut, versuchte ebenfalls Sauerstoff zu erhaschen und verfärbte sich in der gleichen Reihenfolge, wie zuvor seine Gattin. Dann sank sein Haupt auf die marinierten Kartoffelscheiben, vornüber, mit dem Gesicht mitten in den Salat.

»Gewonnen!«, rief Lisa. »Zwei auf einen Streich!«

»Du hast gemogelt«, motzte Martin. »Du hättest mir auch einen übrig lassen können.«

»Nee! Sobald sie sitzen, geht es los. So steht es in unseren Regeln«, erklärte Lisa und strahlte ihren Mann an.

»Okay, okay! Du hast gewonnen. Wohin mit den beiden?«

»Morgen ist wieder auf dem Zentralfriedhof ein Begräbnis. Nee, am morgigen Tag sind es sogar vier. Wir legen die beiden einfach wie gehabt dazu.«

»Und am Samstag schauen wir nach neuen Mitspielern!«, verkündete Martin und begann mit dem Aufräumen.

Endlich frei

Anja, an jeder Hand eine schwere Einkaufstüte, schleppte sich keuchend in den zweiten Stock des Gebäudes, in dem sich ihre Wohnung befand. Sie stellte die Taschen vor der Tür ab, schloss auf und bugsierte alles in Richtung Küche. Nachdem sie Milch, Kaffee, Wurst, Käse, sowie Fleisch, Kartoffeln und Gemüse für das Abendessen verstaut hatte, brühte sie sich einen Tee auf. Sie setzte sie sich mit einer Tasse des heißen Gebräus an den Küchentisch und blickte aus dem Fenster. Die Sonne schaute immer wieder hinter einzelnen kleinen Wölkchen hervor. Vor dem Haus befand sich ein Rasen mit einem Klettergerüst. Zwei Kinder turnten darauf herum. Ihr Lachen drang bis in die Küche hinauf.

Nachdem sie ihren Tee ausgetrunken hatte, saugte Anja durch die Wohnung, reinigte das Bad und bezog die Betten. Zwischendurch schleppte sie eine Wanne voller nasser, frisch gewaschener Wäsche in den Keller, um sie dort aufzuhängen.

In einer halben Stunde würde Eva erscheinen, die Frau, die alle ihre Sorgen verstand, mit der sie sich austauschen konnte, ihre beste Freundin. Sie ging ins Bad, duschte schnell und betrachtete im Spiegel ihre graumelierten, kurzen Haare. Die Falten um die Mundwinkel herum waren tiefer geworden.

Eva sah wieder hinreißend aus. Die blonde Mähne kringelte sich in üppigen Locken bis auf die Schultern, dazu das aufreizende Make-up und das geschmackvolle smaragdgrüne Kleid.

»Ich habe nicht viel Zeit«, erklärte die Freundin. »Ich bin verabredet. Mit Martin. Wir wollen essen gehen und anschließend ins Theater.«

»Ach so«, murmelte Anja.

»Ja, er will sich von seiner Frau trennen«, teilte Eva ihr mit und fixierte ihr Gegenüber aus zusammengekniffenen Augen. »Seine Angetraute ist so ein langweiliges Hausmütterchen. Er hofft, dass die Sache nicht zu teuer wird. Aber sie hat das Geld mit in die Ehe gebracht und er möchte halt nicht leer ausgehen. Im Scherz hat er verlauten lassen, sie könnte vielleicht einen Unfall haben. Mal sehen, was er sich einfallen lässt.«

»Das kann er doch nicht tun!«, regte Anja sich auf. »Du redest von Mord.«

»Seine bessere Hälfte sollte sich vorsehen«, raunte Eva süffisant grinsend.

»Er sich aber auch«, presste die Graumelierte zwischen zusammengebissenen Zähnen hindurch, wobei sie verkrampft versuchte, ein Lächeln zustande zu bringen.

»Sehen wir uns morgen früh?«, fragte Eva flötend. »Wir könnten zusammen frühstücken.«

»Gute Idee«, willigte Anja ein, wütend über den Verlauf des Gesprächs.

Kaum war Eva verschwunden, da kam ihr Mann herein und begab sich sofort ins Bad.

»Hast du heute Abend etwas vor?«, rief sie durch die verschlossene Tür.

»Ich habe noch einen Termin mit Geschäftsfreunden«, drang seine Stimme aus dem Rauschen des fließenden Wassers. »Es kann spät werden. Warte nicht auf mich.« Er begann, ein Lied zu trällern.

Sie schlich in die Küche, betrachtete das auf dem Herd dampfende Abendessen. Mit Tränen in den Augen schob sie die Töpfe an die Seite, füllte sich einen Teller und trottete ins Wohnzimmer. Etwas Positives besaß das Ganze: Sie schaltete den Fernseher ein, sah sich in Ruhe die Quizsendung mit dem gutaussehenden Moderator an. Ihr Mann mochte dergleichen Shows nicht, stellte meist einfach um, ohne sie zu fragen. Da sie Streit hasste, ging sie an solchen Abenden ins Bett und las ein Buch.

Um vier Uhr in der Frühe weckte ein lautes Klingeln und Hämmern an der Eingangstür Anja auf. Schlaftrunken zog sie sich ihren Bademantel über, schlurfte hin und öffnete die Tür einen Spalt breit. Ein Polizeibeamter und ein Mann in einem grauen Anzug standen vor der Tür.

»Guten Morgen und entschuldigen Sie bitte. Sind Sie Anja Karlsen?«, erkundigte sich der Polizist.

»Äh, ja«, antwortete sie und musste sich ein Gähnen verkneifen, was dazu führte, dass ihr Tränen in die Augen stiegen.

»Ich bin Hauptkommissar Erwin Plottke und das ist der Kollege Klaus Löwen von der örtlichen Polizeiwache. Dürften wir reinkommen?«, fragte der Mann in Grau. Seine Stimme war ruhig und angenehm tief.

»Ja bitte«, erwiderte die verdatterte Anja und führte die beiden ins Wohnzimmer. »Ist etwas passiert?«

»Liebe Frau Karlsen, wir müssen Ihnen leider mitteilen, dass Ihr Ehemann Martin Karlsen einen Unfall hatte«, erklärte Plottke ihr, wobei er sie eingehend beobachtete.

»Unfall? Wieso Unfall? Er war doch nur bei einem Treffen mit Geschäftsfreunden.«

»Er ist auf der Autobahn mit hoher Geschwindigkeit gegen einen Brückenpfeiler gefahren. Er war auf der Stelle tot. Erwähnte er jemals, sich das Leben nehmen zu wollen?«, erkundigte sich der Kommissar vorsichtig.

»Was? Selbstmord? Nein. Nein.« Sie schüttelte heftig den Kopf.

»Hatte er geschäftliche Probleme?«

»Nicht, dass ich wüsste«, stotterte Anja.

»Ich denke, dabei belassen wir es erst einmal«, erklärte Plottke. »Sollen wir jemanden benachrichtigen, der sich um Sie kümmert?«

»Nein, danke. ... Es geht schon. ... Ich möchte alleine sein.«

»Sind Sie sich sicher?«

»Ja, ganz bestimmt.«

Sie schloss die Tür hinter den Beamten und verkroch sich in ihr Bett. Erschöpft schlief sie sofort wieder ein.

Am Morgen erschien Eva pünktlich zum Frühstück.

»War es schön gestern?«, erkundigte sich Anja.

»Ja. Ganz nett«, bemerkte Eva, während sie sich Erdbeerkonfitüre auf ihr Brot strich.

»Klingt nicht so toll.« Anja biss ein Stück von ihrem Marmeladenbrot ab.

»Ich habe festgestellt, dass er ein Langweiler ist.« Eva lehnte sich in ihrem Stuhl zurück.

»Ach! ... Hast du übrigens von dem Unfall gehört? Steht in der Zeitung«, versuchte Anja, das Thema zu wechseln.

»Du meinst den in der Nacht auf der Autobahn?«

»Ja. Genau den.«

Eva grinste. »Martin hat sich mit dem Auto um einen Brückenpfeiler gewickelt.«

»Hast du etwas damit zu tun?«, verlangte Anja zu wissen, während sie ins Bad ging. Sie schaute entsetzt auf das Gesicht im Spiegel.

»Ich sagte bereits: Er ist, beziehungsweise, er war ein Langweiler«, zischte Eva boshaft.

»Erzähl! ... Was ist passiert?« Anja stützte sich am Waschbecken ab.

»Er wollte sich scheiden lassen, wie du mittlerweile zur Kenntnis genommen haben dürftest, und mich heiraten. Kannst du dir mich mit einem drögen Ehemann vorstellen? ... Da draußen wartet das Leben meine Liebe«, erklärte Eva mit unheimlich funkelnden Augen.

»Aber er ist doch sicher nicht freiwillig gegen den Pfosten gefahren?«

»Nein, natürlich nicht!« Ein teuflisches Grinsen verzerrte ihre hübschen Züge.

»Berichte! Wie hast du es gemacht?« Anja traten Schweißperlen auf die Stirn.

»Es war ganz simpel. ... Wir fuhren nebeneinander auf der Autobahn. ... War keiner sonst unterwegs, also veranstalteten wir ein kleines Rennen. So mit hundertfünfzig Sachen. ... Kurz vor der Brücke habe ich dann ...« Eva hielt inne. Sie lachte. »Ich zog mir einfach die Perücke vom Kopf. ... Hättest mal sein verdutztes Gesicht sehen müssen. Nur Augen für mich. ... Er hat das Lenkrad verrissen und darauf folgte das große Bumm! ... Da stand halt der dumme Brückenpfeiler im Weg ...« Sie zuckte mit den Schultern und grinste abermals.

Anja schaute ihr sprachlos aus dem Spiegel entgegen.

»Ja, du närrische graue Maus!« Eva tippte bei jedem Wort mit dem Zeigefinger auf den Spiegel. »Jetzt ist er futsch! Und ich bin frei!«, erläuterte sie voller Freude. Sie zog die Lippen mit einem pinkfarbenen Lippenstift nach, stülpte sich die blonde Perücke über, nahm den gepackten Koffer aus dem Kleiderschrank und machte sich auf den Weg zum Flughafen.

Cindy

Es war einmal, ja damit fangen Märchen meist an, dachte Cindy und ließ ihren Blick von dem dicken Märchenbuch auf ihrem Schoß hinüber zur Schaukel schweifen. Zwei kleine Mädchen schwangen sich dort auf dem zwischen zwei Bäumen befestigten Spielgerät hin und her. Sie schienen mit den Füssen die Wipfel der riesigen, knorrigen Eichen berühren zu wollen und jauchzten laut. Daneben tollten vier Jungen und ein Mädchen mit einem Ball, der den leichten Hang hinunter zu einem See rollte. Die sieben über den Rasen tobenden Kinder gehörten zur großen Schar ihrer immerhin fünfzehn Urenkel. Ja, groß war ihre Familie geworden. Gewiss, sie und ihr Mann hatten zwei Söhne und eine Tochter in diese Welt gesetzt, die wiederum sieben eigene Kinder hatten. Deren Kinder verbrachten nun hier im Sonnenschein das Wochenende, jedenfalls die Kleinsten.

Cindy lächelte und kleine Fältchen zeigten sich an den Augenwinkeln der über achtzigjährigen Dame. Sie legte das schwere Buch auf einen kleinen Tisch vor ihrer Bank, stand auf und schlenderte langsam am Rand der Terrasse entlang. Erneut glitt ihr Blick über das Grün des Grases, dass sich bis zum Horizont zu erstrecken schien. Hier und da wurde die Fläche von einem Baum und einigen blühenden Rhododendren und Rosen unterbrochen, bevor sie an dem von Seerosen bedeckten Gewässer endete.

Sie drehte sich um, schaute hinauf zu den Erkern und Türmchen, dem ausladenden Balkon über der Terrasse. Gemächlich schritt sie zurück zu dem mit dicken Kissen gepolsterten Sitzmöbel und ließ sich dort wieder neben ihrem Mann nieder. Sie lächelte abermals dieses Lächeln, das in ihren Augen kurz einen jugendlichen Reflex zauberte. Ja, sie waren zusammen alt geworden. Ja, sie liebte ihn immer noch. Ja, auch, wenn er sie zeitweise nicht mehr erkannte, nicht mehr im Hier und Heute lebte, sondern in der Vergangenheit.

»Hast Du den Kindern schon ein Märchen vorgelesen?«, fragte der alte Herr.

»Nein, aber sie werden sicher gleich kommen«, erklärte sie ihm.

»Sie benehmen sich nicht gerade wie Prinzen und Prinzessinnen«, befand er und trank schlürfend seinen mittlerweile kalten Kaffee aus. Mit zittrigen Fingern versuchte er, sich eines der Plätzchen vom Teller zu nehmen, das jedoch, bevor es seinen Mund erreichte, zerbröselte.

»Prinzen und Prinzessinnen wohnen heute auch nicht mehr in Schlössern, sondern in normalen Häusern. Sie gehen normalen Tätigkeiten nach. Prinzen reiten auch nicht mehr durch die Lande auf der Suche nach einer Prinzessin, um diese dann zu heiraten«, versuchte sie, ihm zu erläutern. »Sie kommen nur noch auf Besuch ins Schloss.«

»Liest Du den Kindern noch ein Märchen vor?«, stellte er erneut eine Frage.

»Ja, gleich.« Cindy lächelte ihn an.

Sie stand abermals auf und rief die Kinderschar aus dem Park zu sich. Die Horde kam angerannt, bremste kurz vor der Terrasse ab und ging munter plaudernd ins Gebäude. Mit sauberen Händen und Gesichtern kamen sie zurück und nahmen ruhig auf den bereitgestellten Stühlen und Bänken platz. Flüsternd baten sie einander um Kekse und Getränke. Jetzt benahmen sie sich wie

kleine, streng erzogene Prinzen und Prinzessinnen.

Cindy begab sich wieder zu ihrer Sitzgelegen-
heit, nahm das Buch erneut auf und schlug die
erste Seite auf.

»Es war einmal ein Mädchen mit dem Namen
Cinderella …«, begann sie, zu erzählen.

»Großomi? Wer ist das da auf dem Foto?«,
fragte Annika, das jüngste ihrer Urenkel und
tippte mit dem Finger auf eines der vergilbten
Bilder.

»Mein Prinz«, lächelte Cindy abermals und sah
zu ihrem Mann hinüber …

Auf dem Bahnhof

Karola hastete am späten Nachmittag durch die von Menschenmassen verstopfte Fußgängerzone der Stadt. Hasten konnte man es eigentlich nicht nennen; es war ein, sich um Gruppen schlängeln und rempeln. Einige Leute blieben vor Schaufenstern stehen, um sich die Auslagen anzuschauen, andere hielten mitten im Gewühl an, wenn sie Bekannte oder Freunde trafen. So entstanden regelmäßig Staus, an denen kaum vorbei zu kommen war. Sie hatte Feierabend und wollte nur zum Bahnhof und nach Hause fahren.

Zwanzig Minuten später hetzte die junge Frau durch die Bahnhofshalle, rannte die Rolltreppe, zum ebenfalls mit Menschen überfüllten Bahnsteig, hoch und sah enttäuscht ihren Zug abfahren. Jetzt hieß es eine halbe Stunde warten. Sie begann, die Wartenden zu beobachten. Eine alte Dame in einem Lodenmantel, die einen Sitzplatz ergattert hatte, klammerte mehrere Einkaufstüten fest an sich. Eine Mutter mit zwei kleinen Kindern versuchte diese davon abzuhalten, in dem Gewühl auf Nimmerwiedersehen zu verschwinden. Ein betagtes Ehepaar, er schob einen Rollator mit einem Korb voller Plastiktüten vor sich her, quetschte sich an einer Gruppe Jugendlicher vorbei, die sich gegenseitig schubsend, laut lachten, um dann den alten Herrschaften doch auszuweichen.

Als Karola sich umdrehte, wäre sie beinahe mit einem Mann zusammengestoßen. Er trug einen dunklen Anzug und einen Aktenkoffer, wirkte wie ein Bankangestellter.

»Entschuldigen Sie bitte«, sprach er sie lächelnd an. »Ist dies der richtige Bahnsteig in Richtung Neustadt?«

»Auf der anderen Seite fährt der Zug nach Neustadt. Hier kommt nur die S-Bahn nach Grünberg.«

»Oh danke«, erwiderte er. »Ich fahre selten mit der Eisenbahn. Mein Auto ist in der Werkstatt und so muss ich leider mit dem Zug reisen.«

Das interessierte Karola nun überhaupt nicht. Sie hatte auch keine Lust, sich in ein Gespräch verwickeln zu lassen, deshalb zuckte sie nur mit den Schultern und begann hin und her zu gehen. Dann blieb sie an der Bahnsteigkante an der weißen Markierung stehen, die bedeutete, dass man nicht näher an die Kante treten sollte, damit der einfahrende Zug einen nicht durch den entstehenden Sog mitriss.

»Können Sie mir noch sagen, wann der Zug abfährt?«, fragte er direkt hinter ihr.

Sie verdrehte die Augen und wandte sich um. »Da oben sind Richtung und Abfahrtzeiten vermerkt. Auf der nebenstehenden Uhr erkennen Sie sogar die aktuelle Uhrzeit.« Sie zeigte mit dem Finger auf die Anzeigetafel.

»Entschuldigen Sie bitte, ich wollte Sie nicht belästigen.«

Warum tust du Blödmann es dann?, dachte sie.

»Hätten Sie noch Zeit und eventuell Lust, einen Kaffee zu trinken?«

»Nein, danke. Meine Bahn kommt in einer Viertelstunde. Das würde arg hektisch«, versuchte sie höflich zu bleiben. »Ihre fährt ja auch bereits in zehn Minuten.«

»Ich habe es nicht so eilig. Ich könnte genauso gut den nächsten Zug nehmen«, grinste er sie an.

Der Typ nervt; wie werde ich ihn bloß los?, grübelte Karola.

Die Lösung nahte in Gestalt eines quietschenden, riesigen, weißen Monsters. Sie hatte fast schon vergessen, dass um diese Zeit der ICE in Richtung Basel hier durchrauschte.

Auf dem gegenüberliegenden Gleis hielt die Bahn nach Neustadt. Fahrgäste stiegen ein und aus. Der Bahnsteig füllte sich an mit geschäftig umhereilenden Menschen. Jemand stieß Karola von hinten an, sie gab den Stoß weiter an den überrascht blickenden Herren im dunklen Anzug. Der konnte sich nicht mehr abfangen und wurde vom Sog des durchrasenden ICE erfasst und auf die Schienen gerissen. Er hatte nicht einmal die Zeit für einen Schrei gehabt.

Das laute Kreischen der Bremsen dröhnte durch den Bahnhof, während Karola sich unter die Menschenmenge mischte und die Rolltreppe hinunterging. Sie durchquerte abermals die Bahnhofshalle und betrat ein kleines Café in einer Nebenstraße.

Auf dich, unbekannter Anzugträger und Nervensäge, gedachte sie seiner und trank genüsslich einen Cappuccino.

Die Katze

Sie saß auf der überdachten Veranda und blickte Richtung Straße. Zwischen ihr und dem Zaun, der gut sechs Meter entfernt war, befand sich ein Rasen. Makellos grün, ohne ein Blümchen, das es auch nur wagte, sein buntes Köpfchen hervorzustrecken, um ihn zu verschandeln. Der Nachbarsjunge verdiente sich mit dem Mähen jeden Freitagnachmittag ein kleines Taschengeld. Sie stand auf, trabte mit hoch erhobenem Schwanz über das Gras, dessen kurz geschorene Halme in ihre weichen Fußballen piksten. Immer eine Katzenlänge auseinander war ein flacher Sandstein in den Rasen eingelassen. Als sie vor dem frisch gestrichenen, dunkelbraunen Holzlattentor ankam, setzte sie sich hin und leckte ihre juckenden Pfötchen ab. Sie begann, am niedrigen Jägerzaun hin und her zu laufen, dabei beobachtete sie den Gehweg und die Straße. Nachdem sie so fünf- oder sechsmal auf und ab getigert war, platzierte sie sich abermals vor das Tor. Sie wartete.

Nach einigen Minuten erschien ein Mann mittleren Alters. Sie kannte ihn. Er spazierte jeden Morgen hier vorbei. Spazieren war wohl nicht der richtige Ausdruck. Er hing an einer langen Leine, vor sich eine dänische Dogge, riesig und schwarzweiß. Sieht aus wie eine Kuh, stellte die Katze fest. Der Hund hechtete am Zaun entlang, fand sein heißgeliebtes Rosenbeet und hatte, wie immer, nichts Besseres zu tun, als ihnen durch das Gatter hindurch auf die kleinen rosa Blüten zu pieseln. Als er fertig war, rannte die Samtpfote auf die beiden zu.

»Komm schon, blöde Töle! Dich schaff ich auch noch!«, bedeutete sie der Dogge.

Das war das Kommando für den Schwarzweißen, ein unüberhörbares Bellen von sich zu geben und der Katze mit einem Ruck an der Leine zu folgen. Laut »Fuß! Fuß!« schreiend, versuchte sein Herrchen Schritt zu halten. Wie jeden Tag, so ging die wilde Jagd auch heute nur bis um die Grundstücksecke. Angekommen bremste der Hund ab, sein Besitzer stolperte über die Leine, fing sich jedoch ab.

»Komm weg von dem räudigen Vieh!«, schimpfte er und wechselte die Straßenseite.

Die Katze trabte zurück zur Veranda. Kurz davor drehte sie ab und begab sich auf die Rückseite des Bauwerkes. Eine große Terrasse führte vom Haus in den Garten. Wie die Wege bestand auch sie aus Sandstein. Das Gebäude besaß hier eine lange Fensterfront, die bis auf den Boden reichte. Die Katze betrachtete ihr Spiegelbild im Fenster. Ja, sie sah wirklich nicht gerade gepflegt aus. Ihr normalerweise pechschwarzes, in der Sonne glänzendes Fell war struppig und hatte einen stumpfen, gräulichen Ton angenommen. Außerdem nagte der Hunger an ihr und sie war bis auf die Rippen abgemagert.

Sie schaute durch die Fensterscheibe in das Innere des Hauses. In einem hohen altmodischen Lehnsessel erblickte sie eine alte Dame. Sie kratzte an der Tür, doch niemand reagierte. Sie miaute kläglich und hoffte, dass die Frau, die sie sonst liebevoll Mauzi nannte, die Tür öffnen und ihr das gewohnte Schälchen Futter hinstellen würde. Aber sie bewegte sich nicht einmal.

So ging das seit sechs Tagen. Am gestrigen Tag und vorgestern versuchte die Katze, den Postboten zur Terrasse zu locken. Allerdings hatte der nur »Verpiss dich!« gerufen und ihr gestern sogar einen Tritt versetzt. Sie trollte sich zurück vor das große Fenster und sang die Nacht hindurch ein Klagelied. Aus dem Nachbarhaus erscholl nur ein »Halt endlich die Schnauze, sonst schütte ich dir einen Eimer Wasser über den Balg!« Das war alles. Hilfe bekam sie nicht.

Am Freitagmorgen tauchte der Nachbarsjunge auf. Er betrat die Veranda und wollte gerade klingeln, als er die Katze sah. »Hey, Mauzi! Was ist los mit dir? Wie siehst du überhaupt aus? Ist dein Frauchen nicht da?«

Sie blickte ihn mit ihren grünen Augen an. Sollte sie einen letzten Versuch starten? Sie strich ihm um die Beine und ging Richtung Terrasse. An der Ecke blieb sie stehen und schaute, ob er ihr folgte. Er tat es. Nun sauste sie vor das Fenster und lief aufgeregt hin und her. Der Junge trat neben sie und deckte die Hand über die Augen, um hineinsehen zu können.

»Mein Gott!«, rief er aus und rannte davon.

Wieder nichts, dachte die Katze und legte sich resigniert hin.

Nach zehn Minuten wurde es laut. Mit Blaulicht und Sirenengeheul fuhren ein Krankenwagen und die Polizei vor das Haus. Der Nachbarsjunge, der am Straßenrand wartete, zeigte ihnen den Weg zur Terrasse. In aller Hektik brachen sie die Tür auf, liefen zu der alten Dame. Kurz darauf kam der Notarzt heraus und schüttelte nur bedauernd den Kopf.

»Sie ist dem Anschein nach eines natürlichen Todes gestorben. Besaß sie keine Angehörigen?«, fragte der Polizist den Jungen.

»Soweit ich weiß, war sie Witwe. Und sie hatte nicht einmal Kinder. Nur Mauzi. Was wird jetzt aus der?«

Mittlerweile erschien zudem noch der Postbote. Die Katze wich vor ihm zurück.

»Vielleicht kannst du dich um sie kümmern. Frag bitte deine Eltern. Sonst muss sie ins Tierheim«, erklärte der Polizeibeamte.

»Ich glaube, sie hat versucht, Hilfe zu holen. Nur hat niemand sie verstanden. Ich wohl auch nicht«, deutete der kreidebleich gewordene Briefträger an. Er streckte die Hand nach dem Tier aus, um es zu streicheln. Sie schlug mit ihren Krallen nach ihm und er fuhr zurück.

»Mistvieh!«, war seine Antwort darauf.

Der Junge nahm die Katze auf den Arm und begann zu weinen.

Der Spiegel

Er zog sich das weite, grün, rot und gelb karierte Jackett über die knallrote Hose. Es besaß zwei riesige Taschen mit überdimensionierten gelben Knöpfen. In den Jackentaschen verstaute er jeweils eine Büchse Bier nebst einer Reihe von diesen winzigen Schnapsfläschchen, deren Inhalt so lecker nach Pflaumen schmeckte. Alles war einige Nummern zu groß. Er schloss die Jacke über einer grasgrünen, viel zu langen und breiten Krawatte, die anschließend unten herausschaute. Nun noch den gelben Hut auf den Kopf, die übergroße, schwarze Brille auf die Nase, die weißen Handschuhe übergestreift und es konnte losgehen. Im Flur blickte er nochmals in den mannsgroßen Spiegel und nickte zufrieden.

»Weißt du eigentlich, wie bescheuert du aussiehst?«, keifte die schrille Stimme seiner holden Gattin aus der Küche. Ihr Gesicht war puterrot, ohne zur Hilfenahme jeglicher Schminke und bildete einen krassen Gegensatz zum dunkelblauen Kittel.

Seit dreißig Jahren hörte er sich das nun bereits an. Bevor sie heirateten, trat sie ebenfalls als begeistertes Mitglied in einem Tanzcorps auf. Als die Kinder kamen, musste sie aufhören, fand später auch keinen Spaß mehr an Karneval und mutierte zum absoluten Karnevalshasser.

»Du alter Narr! Komm mir bloß nicht wieder besoffen nach Hause! Kannst dann bei deinen ebenso bekloppten Weibern deinen Rausch ausschlafen!«

Den letzten Teil ihrer Tirade hörte er noch durch die geschlossene Tür bis ins Treppenhaus. Auf der Straße angekommen, blickte er hoch zum Küchenfenster. Er tippte grinsend, wie zum Gruß an den Hutrand. Er wusste, dass sie hinter der Gardine stand und ihm nachsah.

Er wanderte zur Bushaltestelle, musste nicht lange ausharren und fuhr bis zum Bahnhof in der Innenstadt. Hier stieg er in die Linie, die ihn zu der Turnhalle brachte, in der die Sitzung der Großen Karnevalsgesellschaft stattfand. Er quetschte sich unter die Menschenmassen im Foyer. Piraten, Clowns und Indianer grüßten ihn lachend. Ein Mariechen küsste ihn kichernd auf die Wange.

»Hab leider keine Zeit«, erwiderte er augenzwinkernd und drängelte sich weiter durch die Menge.

Als er die Treppe zur Bühne hochschritt, begleitete ihn ein ohrenbetäubender Narrenmarsch von der Kapelle.

»Tach. Isch bin der Willi Loop«, stellte er sich vor, packte seine Rockschöße und verbeugte sich, elegant ein Bein nach hinten stellend mit einem Knicks.

»Bin heute total jebeutelt«, jammerte er weiter und nestelte an seiner Krawatte.

Ein Tusch der Band erschallte, gefolgt von Applaus und Gejohle aus dem Publikum.

Die sind ja prima drauf, dachte er bei sich. Jetzt legte er richtig los, erzählte die einstudierte Geschichte des bedauernswerten Ehemannes, der von seiner Angetrauten ständig missverstanden und unterdrückt wird. Zwischendurch ertönte immer wieder das Tätä der Musiker, gefolgt von Gelächter und Klatschen der Zuschauer.

»Jeht et irjend einem unner euch vielleicht so wie mir?«, fragte er.

Er sah, dass gut die Hälfte der anwesenden Herren aufzeigten. »Arme Schweine«, kommentierte er mitleidig und grinste.

Am Ende seiner Geschichte angekommen, verbeugte er sich vor dem tosenden Saal. Der Elferrat drückte ihm ein Glas Bier in die Hand, das er in einem Zug leerte. Seine ausgetrocknete Gurgel hatte das auch dringend benötigt. Dann hängte man ihm noch den obligatorischen Karnevalsorden um den Hals und entließ ihn mit dem traditionellen Marsch.

Es folgten vier weitere Auftritte. Er nahm abermals den Bus, so konnte er sich zwischendurch eines seiner geliebten Schnäpschen gönnen. Erst fuhr er zur Mehrzweckhalle, hinterher in zwei Dörfer, die in extra hergerichteten Scheunen feierten, und zum Schluss in die Nachbarstadt. Jedes Mal erzählte er die gleiche Geschichte. Es fiel ihm nicht schwer, schilderte er doch sein eigenes tristes Eheleben, hielt dem Publikum einen Spiegel vor.

Es war spät in der Nacht, als er heimkehrte. Er öffnete die Tür und da stand sie, Arme in die Seiten gestemmt, rosaroter Bademantel.

»Na, genug gesoffen?!« Abermals breitete sich ohne Rouge eine kräftig rote Farbe in ihrem Gesicht aus.

»Hallo mein Schatz. Reg dich doch nicht immer so auf«, schlug er vor.

»Jetzt werd nicht auch noch unverschämt!«, schrie sie und die Röte bekam einige hektische Flecken.

Er hängte sein Jackett ordentlich auf einen Kleiderbügel an die Garderobe, öffnete den Knoten seiner Krawatte und zog sie aus.

»Och, komm mal her«, meinte er fröhlich und zog sie am Ärmel ihres Bademantels vor den Spiegel. »Was siehst du?«

»Was soll die blöde Frage?«

»Ja, was erblickst du? Da im Spiegel.«

»Mich. Und hinter mir jemand, der sich zum Narren macht!«

»Sag das nie mehr!«, flüsterte er ihr ins Ohr und zog die grasgrüne Krawatte um ihren Hals langsam zu.

SYSTEM 4.2

Gestatten, mein Name ist SYSTEM 4.2. Sicher haben Sie schon mal von mir gehört? Ich stamme aus Spanien. Nein, das ist nicht völlig richtig. Ich komme aus dem bekannten Möbelkonzern LA CUCARACHA. Das kennen Sie aber, oder? Also, ich bin groß, sehr groß, über zwei Meter dreißig hoch und zwei Meter breit. Ich besitze Stangen für Kleider, Hemden und Blusen, Fächer für Pullover, Shirts und Wäsche, und ganz unten Regale für Schuhe. Zwei Schiebetüren verschließen geräuschlos den Inhalt vor fremden Augen. Ich bin weiß, strahlend weiß.

Letztes Wochenende bin ich in mein neues Zuhause gezogen. Ich war praktisch eingepackt und zerlegt. Aber kein Problem. Mit der Bauanleitung stand ich nach vier Stunden an meinem Platz. Allerdings war es nicht der Ort, an den ich gewollt habe, auch meine jetzige Besitzerin hat mir nicht sonderlich gefallen.

Ich hatte immer einen Traum: Ich komme in eine vornehme Villa, so mit Meerblick oder großem Park hinter dem Haus. Eine junge Dame hängt elegante Kostüme, legere Hosenanzüge und leichte Blusen auf meine Kleiderstangen. In die Fächer wandern Pullover, Shirts, Handtaschen und Schals und in die Schubladen edle Wäsche, zart und luftig, sowie hauchdünne Seidenstrümpfe. Auf den Regalen sollen hochhackige Pumps, bequeme Bootsschuhe und kleine Pantöffelchen auf ihren Einsatz warten. Exklusive Marken wie Tigha, Lacoste, Stella McCartney, Saint Laurent, Tonello, Gucchi und viele andere dieser wohlklingenden Namen müssen sich in meinem Inneren versammeln.

Aber was passiert stattdessen!? Mit einem Kleinlaster hat man mich hergeschafft und in einen Aufzug verfrachtet. Jetzt stehe ich hier im fünften Stock einer Mietskaserne. Eine pummlige Frau um die vierzig hängte drei schlabbrige Jeans und eine gesteppte Kapuzenjacke auf Plastikkleiderbügel. In meine Fächer wanderten Sweatshirts, T-Shirts und ein Jogginganzug, dazu eine unförmige Sporttasche und ein Ledersack, ein anderes Wort fällt mir für dieses Etwas, das eine Handtasche darstellen sollte, nicht ein. Und in meine Schubfächer? Nix ist mit edler Wäsche. Baumwollunterhosen und Hemdchen in Zeltgröße wurden einfach hineingestopft. Nicht einmal Seidenstrümpfe besitzt sie. Bunte Socken quellen aus meinen Schubladen, die sich nicht mehr schließen lassen. Nichts ist aus elegant und exklusiv geworden.

Oh Gott, da kam sie wieder, gestern, mit einem riesigen Wäschekorb in den Händen. Oh nee, jetzt stieß sie doch tatsächlich mit ihrem fetten Hintern meine leichten Schwebetüren auf. Langsam reichte es mir! Und was war das? Aus dem Korb rückten ausgelatschte Treter, müffelnde Sportschuhe und Pantoffeln in Form von Schweineköpfen an. Und dazu dieser widerliche Geruch von den Schweißfüßen ihrer Besitzerin. Dabei hatte ich so auf feinkreierte Parfums mit Rosenduft oder Bergamotte gehofft.

Nicht auch noch die schweren Wanderschuhe! Da war ja stinkender Katzenkot dran. Nein, jetzt war es genug! Sie beugte sich vor, um die Schuhe abzustellen. Im selben Augenblick schwebte eine meiner Türen auf ihren Hals zu. Alles, was folgte, war ein leises knackendes Geräusch und sie fiel vor mir mit weit geöffneten Augen auf die hässliche graugrüne Schlingenware. Die Bergschuhe landeten neben ihr.

Der Thunfisch

Helga stand in der Küche. Sie nahm eine Pfanne aus dem Regal über dem Herd, setzte sie auf dem passenden Feld ab und gab etwas Öl hinein. Es war Olivenöl, wohlgemerkt, darauf legte Manfred wert.

Mit Manfred verband sie seit nunmehr fünfzehn Jahren das Band der Ehe, äußerlich nur zu Erkennen am goldenen Ring an ihrer rechten Hand. Ja, damals hatten sie viel geplant. Erst bauten sie dieses hübsche Häuschen, legten dann einen kleinen Garten an.

Das Innere des Hauses wurde ihr Reich. Sie durfte sich hier austoben, was hieß, dass der Boden so sauber sein musste, dass man von ihm essen könnte. Die Fenster durften nicht einen Fingerabdruck haben. Und Staub? Was war das eigentlich? Einen Hund wollte ihr Ehemann nicht, wegen des Drecks, den er mit hineinbringen würde. Aber wenigstens folgte ihr gehorsam der Staubsauger.

Manfred tobte sich dafür im Garten aus. Die Höhe der einzelnen Grashalme der Rasenfläche, eher Rasenteppich zu nennen, betrug exakt drei-einhalb Millimeter. Blumen standen in Gruppen von maximal sieben Blüten, sämtliche in Gelbtö-nen, seiner Lieblingsfarbe, in genau vermessenen Beeten. Jedes Kräutlein, das es wagte, zwischen den Blumen hervorzusprießen, wurde unverse-hens mit samt seinen Wurzeln ausgerupft. Und damit alles mit sauberen Schuhen erreichbar war, legte er einen Weg mit weißem Kies in den Rasen, vorbei an den Blumenrabatten. Am unte-ren Rand des Gartens stand eine Reihe Nadel-bäume. Laubbäume oder Sträucher gab es nicht. Da hätte man im Herbst Blätter fegen müssen. So war alles sauber, pflegeleicht, einfach ordentlich.

Dieser fanatische Ordnungstick ihres Mannes fiel ihr zu Beginn ihres Zusammenseins nicht auf. Im Laufe der Jahre nahm er aber immer seltsa-mere Gestalt an. Kinder hatten sie keine, sie je-denfalls nicht. Vor vier Wochen erfuhr sie, dass Manfred eine andere hatte, eine Claudia. Sie war acht Jahre jünger als Helga. Er lernte Claudia im Büro kennen. Vor einem Jahr fing sie in der Firma an. Und jetzt war sie im vierten Monat schwan-ger von ihrem Manfred.

Heute wollte Helga ihm etwas Besonderes zum Abendessen kochen. Er liebte Thunfisch. Sie hatte Thunfischsteaks in einem Laden in der Stadt besorgt, vor einer Woche. Seitdem lagerte der Fisch in einer Kunststoffschale unter dem Dach. Dort war es warm, eigentlich immer. Aber im Sommer war es noch etwas wärmer. Sie stellte ein ganzes Menu zusammen, mit seinem heißgeliebten Fisch. Als Vorspeise wollte sie einen Thunfischsalat servieren. Als Hauptgericht sollte das Steak mit Herzoginkartoffeln und einem Rauke-Tomaten-Salat folgen. Zum Abschluss würde es noch eine Vanillecreme mit Erdbeeren geben.

Manfred saß am festlich gedeckten Tisch ihr direkt gegenüber. Zu seinem vierzigsten Geburtstag hatte sie extra eine weiße Tischdecke aufgelegt und das Silberbesteck geputzt.

»Du hast dir aber viel Arbeit gemacht«, lobte er tatsächlich ihre Tätigkeiten anlässlich seines Feiertages.

»Tue ich doch gerne«, versicherte sie und stellte den Thunfischsalat mit einem Glas Weißwein vor ihm ab.

»Isst du nichts?«

Sie setzte sich zu ihm an den Tisch. »Ich habe soviel probiert, dass ich im Moment satt bin. Vielleicht nachher«, stellte sie lächelnd fest. »Lass es dir aber schmecken. Ich hoffe, es ist nach deinem Geschmack gewürzt.«

»Ja. Sehr vorzüglich«, äußerte er sich anerkennend.

Als er fertig gegessen hatte, nahm sie den Teller und verschwand wieder in der Küche. Sie rumorte dort eine Weile herum. Mit einem Teller, auf dem sie das Thunfischsteak, dekoriert mit Kartoffeln und Salat, plaziert hatte, kehrte sie zu Manfred zurück.

»Das sieht ja einfach super aus«, würdigte er abermals die dargebrachte Speise.

»Darf ich dir noch etwas Wein nachschenken?«

»Gerne! Es schmeckt einfach vorzüglich«, sagte er und stopfte einen recht großen Bissen in seinen Mund, kaute genüsslich und spülte ihn mit einem Schluck Wein hinunter.

Da verschwindet meine ganze Tagesarbeit in Sekunden in seinem Schlund, dachte sie, grinste ihren Mann dabei an.

»Gibt es noch etwas zum Dessert?«

»Ja, klar«, teilte sie ihm mit, verschwand abermals mit einem geleerten Teller in Richtung Küche. Zurück kam sie mit einer kleinen Glasschüssel, in der sich zwischen einer Creme frische Erdbeeren befanden.

»Mein Lieblingsnachtisch!«, stellte er überrascht fest. Er stopfte ihn in seinen Mund. »Einfach köstlich«, hob er mampfend hervor.

»Noch einen Kaffee hinterher?«, fragte sie, als er mit Essen fertig war.

»Das wäre nett.«

»So bin ich eben«, säuselte sie und trollte sich erneut in Richtung Küche davon, um ihrem Herrn und Meister sein ersehntes Heißgetränk zu holen.

Als sie zurückkehrte, saß er ruhig an seinem Platz. Auffällig an ihm war allerdings seine kräftigrote Gesichtsfarbe, die sich auch den Hals herabzog und sich auf seiner Brust breitmachte. Sie stellte die Kaffeetasse vor ihm ab.

»Geht es dir gut?«

»Blöde Frage!«, motzte er, wischte sich über die Stirn, auf der mittlerweile einige Schweißperlen auftraten.

»Ist das Lobausteilen bereits beendet?«, fragte sie. »Na ja, fand ich jetzt ganz nett. Aber das hättest du mal früher machen sollen. Und deine neue Flamme? Hast du allen Ernstes gedacht, ich wüsste davon nichts?«

»Helga, ... ich ...«

»Spar dir Erklärungen«, brach sie ihn ab.

»Ich glaube, du musst mir einen Arzt holen. Mir wird ...«

Weiter kam er nicht. Er sackte neben seiner Kaffeetasse zusammen, deren Inhalt sich über die weiße Tischdecke ergoss und ein braunes Muster darauf hinterließ.

»Dumm gelaufen. Ich weiß«, beteuerte sie und strich ihm sanft über den Kopf. »Aber weißt du, du bist mir schon seit langem auf den Geist gegangen mit deinem blöden Thunfisch. Ich habe mich ein wenig informiert, beziehungsweise der Fischverkäufer erklärte mir, dass dieser Fisch wohl ein paar negative Eigenschaften besitzt. Wenn er nämlich etwas älter wird und nicht richtig gekühlt wird, entwickelt sich in ihm eine Menge Histamin. Darauf reagieren fast alle. Du ja auch, wie du bemerkt haben dürftest. Erst wirst du rot, dann klappst du zusammen. Dann bist du tot. Alles in der Reihenfolge.«

Helga holte aus der Küche einen zusammengefalteten Brief, legte ihn mitten auf den Tisch.

»Du warst ja so nett, mir deinen Abschiedsbrief zu unterschreiben. Den habe ich vorgestern geschrieben und dir zur Unterschrift vorgelegt. Da ich bei vielen Dingen, dank dir, nicht unterschriftsberechtig war, ist dir nicht einmal in den Sinn gekommen, nachzulesen, ob das wirklich ein Schrieb vom Elektrizitätswerk war. Tja, so kann es gehen«, erklärte sie und lachte.

Sie stand auf, ging ins Schlafzimmer, nahm ihren fertig gepackten Koffer und verließ das Haus. Fred, der Fischverkäufer, wartete auf sie am Flughafen …

Wilde Wasser

»Du Idiot!« Mia war sauer. Ihr kleiner Bruder Sven hatte seinen Orangensaft über ihren Mathehausaufgaben verschüttet, an denen sie seit einer Stunde arbeitete. Und nun sah er breit grinsend zu, wie der Saft in verschnörkelten Linien darauf verlief. Sie holte aus der Küche Papiertücher, um wenigstens das Schlimmste abzuwenden und zu retten, was zu retten war. Das Papier ihres Heftes wellte sich in einem leichten Gelbton, die Zahlen aus blauer Tinte hatten verwischte Außenkanten erhalten und das Blau war in ein verwaschenes Grün übergegangen.

»Sieht doch schön bunt aus«, meinte Sven und versuchte, mit einem Buntstift noch etwas Rotes in die Komposition einzubringen.

»Du verdammter ...«, weiter kam Mia nicht.

»Hört auf, euch zu streiten!«, fuhr ihre Mutter dazwischen. »Du musst es eben noch einmal neu schreiben. Wird schon nicht so schlimm sein. Kleine Brüder sind halt so ...«

Kleine Brüder, dass ich nicht lache, dachte Mia. Immerhin war Sven bereits fünf Jahre alt und somit nur drei Jahre jünger wie sie. Dauernd soll ich Rücksicht auf ihn nehmen! Macht er mir etwas kaputt, ist das nicht so schlimm. Aber wehe, ich komme auch nur versehentlich an einen seiner bescheuerten Bauklotztürme und der kippt um. Vorgestern erst hatte sie deswegen eine Diskussion mit ihrer Mutter. Jedoch ihre Eltern schlugen sich stets auf die Seite des kleinen Monsters.

»Wenn du fertig bist, gehen wir an die Sieg. Da könnt ein euch austoben und schwimmen. Also sieh zu, dass du in die Gänge kommst, Mia. … Sven! Du gehst so lange mit mir in den Garten.«

Zwei Stunden später breiteten sie eine Decke auf der Kiesbank am Flussufer aus. Die Mutter stellte den Picknickkorb daneben, dann machte sie es sich auf der Decke bequem, streckte sich lang aus und schloss die Augen, um in der Sonne etwas zu dösen. In der Woche, außerhalb der Ferienzeit, tummelten sich an diesem Ort selten Leute und sie genoss die Ruhe.

Sven ließ Steinchen über das Wasser hüpfen, während Mia langsam in den Fluss watete und zum gegenüberliegenden Ufer schwamm.

»Komm rein! Es ist überhaupt nicht kalt«, forderte sie ihren Bruder auf.

»Ne. Guck mal! Hier sind ganz viele klitzekleine Fische.«

Mia begab sich zurück auf die andere Seite der Sieg und setzte sich auf eine Ecke der Decke. Sie betrachtete die Eisenbahnbrücke, die den Fluss überspannte und über die mit lautem Gerattere ein Güterzug donnerte. Dann war es wieder ruhig. Nur das Gurgeln des Wassers, das in einem kleinen Wasserfall unter der Brücke ungefähr einen Meter hinab rauschte, war zu hören. Hier bewegte sich das nasse Element erst in einem riesigen Kreis, bevor es langsam flussabwärts strömte. Ein Bussard kreischte, während er sich immer weiter mit ausgebreiteten Flügeln in die Höhe schraubte. Mia blickte einer Schäfchenwolke nach, die am blauen Himmel wie ein Wattebausch dahin zog, ihre Form leicht veränderte und hinter der Burgruine, auf dem in sattes Grün getauchten Berg, verschwand.

Mia legte sich auf dem Bauch auf die Decke und stützte sich auf ihren Ellenbogen ab, während sie Sven beobachtete. Ihre Mutter schnurchelte leise vor sich hin, war fest eingeschlafen.

Sven versuchte, einen der winzigen Fische zu fangen. Sie flitzten jedoch zu flink zwischen den Kieselsteinen hin und her. Auf seiner Jagd ging er weiter in das Gewässer hinein.

»Kommst du auch rein?«, fragte er Mia.

»Nein. Ich ruhe mich hier bei Mama ein bisschen aus.«

Sven stakste langsam in Richtung Flussmitte, dort wo das Wasser tief genug war, um schwimmen zu können. Er paddelte mit Kurs auf die Brücke. Unterhalb des kleinen Wasserfalles begann er, im Kreis zu schwimmen.

Mia grinste und legte sich hin, den Kopf auf die Arme gebettet und beobachtete auf der gegenüberliegenden Seite zwei Pferde, die sich gegenseitig die Mähnen grubberten.

»Mia!«

Sie rührte sich nicht.

»Mama!«

Auch die zeigte keinerlei Reaktion, außer, dass sie mittlerweile laut schnarchte.

Mias Blick wanderte abermals zu dem immer noch im Kreis schwimmenden Jungen. Er reckte die Arme in die Luft und versuchte, ihre Auf-

merksamkeit auf sich zu ziehen. Sie winkte zurück.

Ein Regionalexpress rollte ratternd über die
Brücke ...

Bootsfahrt

Es war Samstagmorgen, die Zeiger der Uhr standen auf zehn. Ein kleines Boot mit einem roten Rumpf dümpelte bei einem seichten Wind auf dem Wasser. Sein Segel erhob sich weiß gegen den blauen Horizont. Es schlich einen Wellenkamm hinauf, um auf der anderen Seite wieder sanft hinabzugleiten. So ging es immer auf und ab, auf und ab ...

In der Ferne tauchte etwas Schwarzes aus dem nassen Element auf, verschwand jedoch wieder, bevor man erkennen konnte, um was es sich handelte. Vielleicht war es einer der großen Wale, die kurz zum Luftholen nach oben kamen, um dann wieder zu verschwinden, und je nach Art nach Plankton oder Oktopussen zu jagen. Es könnte sich aber auch um einen Hai oder irgend einen anderen großen Fisch gehandelt haben. Na ja, egal, er war weg, abgetaucht, im wahrsten Sinne des Wortes.

In der Ferne tuckerte ein großer Frachter am Rande des Horizonts entlang, verschwand dann langsam am Ende der Welt. Die Zeit schien dahinzukriechen. In einiger Entfernung stampfte ein riesiges Kreuzfahrtschiff vorbei, ließ sein mächtiges Horn erschallen. Die Passagiere standen an der Reling und winkten der, aus ihrer Sicht, sicherlich sehr kleinen Nussschale zu. Auch dieses Schiff entfernte sich Richtung Weltenende.

Ein leichtes Nieseln setzte ein und das Deck des Schiffes begann zu glänzen. Das Nieseln ging in größere Tropfen über. Die Welt wurde grauer. Der Wind blies stärker gegen das Segel und ließ das Boot Fahrt aufnehmen. In der Ferne war Donnergrollen zu hören. Blitze zuckten über den Horizont. Die Wellen wurden höher, begannen Schaumkronen zu bilden und klatschten an den Rumpf. Wenn das Boot von einem Wellenkamm nach unten stürzte, schlug das Wasser in Fontänen über das vordere Deck, lief durch die seitliche Reling wieder hinaus. Dann ging es abermals einen Wellenberg hinauf, um auf der anderen Seite von neuem hinabzustürzen.

Der heftige Wind, der sich zu einem Sturm entwickelt hatte, erwischte das Boot mit einem Male von der Seite und zerfetzte das Segel, das nun wie Wäsche auf der Leine am Mast flatterte.

Nun spielte das Unwetter mit dem kleinen Schiffchen und ließ es auf den Wellen tanzen. Es neigte sich von backbord nach steuerbord und wieder zurück, konnte sich jedoch nicht entscheiden, ob es umkippen und sinken oder noch eine ganze Weile gegen sein wahrscheinliches Ende ankämpfen sollte.

Nach einer gedachten Ewigkeit hörten Sturm und Regen auf. Genau so plötzlich, wie sie begonnen hatten. Das Wasser war nach dem Sturm abgekühlt, hatte die grüne Farbe der schäumenden Wellen angenommen. Ein leichter Wind blieb und das Boot dümpelte mit zerrissenem Segel über das Wasser. Weit und breit war kein Land in Sicht, nur endlose Wassermassen, so weit das Auge reichte.

Jörg stieg aus der Badewanne, setzte das Spielzeugboot seines Sohnes auf dem Wannenrand ab und begann, sich abzutrocknen.

Alle Jahre wieder

Klaus saß auf dem Sofa als seine Frau Edwina zur Tür herein kam. Keuchend schloss sie die Wohnungstür hinter sich und schleppte einige Einkaufstüten durch den Flur ins Wohnzimmer.

»Hallo Schatz«, flötete sie, während sie den Mantel auszog und ihn an den Garderobenständer hängte. »Du wirst nicht glauben, was ich in der Stadt gefunden habe.«

»Gefunden ist wahrscheinlich nicht der richtige Ausdruck«, maulte er. »Hast du dich wieder dem allgemeinen jahreszeitlich bedingten Kaufrausch hingegeben?«

»Du bist und bleibst unromantisch und ein alter Weihnachtsmuffel«, schmollte sie und gab ihm einen Kuss auf den lichter werdenden Haaransatz über seiner Stirn. »Warum kommst du nicht einmal mit auf den Weihnachtsmarkt? Alles ist so festlich geschmückt.«

»Festlich geschmückt? Kitsch hoch sieben ist das!«, protestierte Klaus. »Seit Wochen gibt es bereits Lebkuchen und Spekulatius. Wie das Zeug wohl an Weihnachten schmeckt? Bis dahin ist das alles vertrocknet und fade im Geschmack.«

»Das stimmt doch nicht! Außerdem kann man Kekse auch selbst backen. Dann zieht ein Hauch von Vanille und Zimt durch die Wohnung. Erinnerungen an unsere Kindheit kommen auf und wir könnten Weihnachtslieder hören«, schwärmte Edwina verträumt.

»Reicht dir das Geplärre nicht, wenn du durch die Stadt läufst? Und deinen Hauch hast du an jeder Bude auf dem Weihnachtsmarkt. Kerzen, Kekse, Seifen und Glühwein verströmen doch sämtliche Düfte des Orients. Dazwischen der Mief von ranzigem Frittenfett. Nirgends ist man davor sicher«, meckerte er. »Nicht mal auf der Arbeit. Eine Weihnachtsfeier hatte der Chef angeordnet und ich musste Lebkuchen essen und mir *Stille Nacht, heilige Nacht* anhören. Kannst du dir den Boss mit seiner Sopranstimme vorstellen? Der könnte im Frauenchor in der vordersten Reihe mitsingen. Ach, waren alle in festlicher Stimmung! Nur Geschenke gab es keine. Und der Glühwein war alkoholfrei. Mal ganz davon abgesehen, dass mir ein Bier lieber gewesen wäre.«

»Schau mal her!« Edwina versuchte, auf ein anderes Thema zu kommen und begann ihre erstandenen Schätze auszupacken. Aus einer großen Plastiktüte mit goldenen Sternen zog sie einen Schal und eine Mütze. »Meinst du, es wird Paulchen gefallen?«

Paulchen war ihr fünfjähriger Enkel. Klaus verzog das Gesicht und rutschte auf seinem Sitzplatz ein Stück tiefer, als wollte er sich davor verkriechen.

»Hättest du das nicht selber stricken können? Wenn Paulchen das da anzieht, darf er sich aber nicht in die Nähe einer Weide begeben. Bei der Farbe denken die Kühe, er hätte Gras auf dem Kopf.«

Edwina gab nicht auf. Sie kramte aus einer dunkelblauen, mit einem riesigen Weihnachtsmann verzierten Tasche einen Karton und zwei kleine Schachteln.

»Das ist für Marie. Sie liebt doch dieses Parfüm, das so toll nach Rosen duftet.«

»Die haben doch einen großen Garten hinter dem Haus. Dort kann sie stundenlang an den Blumen rumschnuppern und belästigt mich dann wenigstens nicht mit ihren olfaktorischen Genüssen.«

»Ach, Männer!«, schimpfte Edwina. »Was versteht ihr schon davon? Für Gerd habe ich einen Fotoapparat gekauft. Über Ostern wollen er und Marie doch auf die Kanaren in Urlaub fahren. Damit können sie dann schöne Bilder von Paulchen machen.«

»Reicht es nicht, wenn wir uns an Heiligabend die Fotos von ihren letzten Ferien im Sommer an der Nordsee ansehen müssen? Paulchen im Meer ... Paulchen mit Schäufelchen ... Paulchen an der selbstgebauten Sandburg ...«, führte Klaus aus und verdrehte genervt die Augen.

Als hätte sie ihm gar nicht zugehört, präsentierte sie ihm stolz den Karton. »Schau mal! Das ist für Paulchen.«

»Schon wieder Legos?«

»Nein, dieses Jahr bekommt er eine Eisenbahn«, strahlte sie ihren Mann an.

»Eine Eisenbahn?«, Klaus erhob sich von der Couch.

»Ja, guck mal. In dem Starterset ist alles drin. Trafo, Schienen und ein Zug mit zwei Anhängern.«

»Meinst du allen Ernstes der überlebt Weihnachten? Der kleine Kacker hat doch letztes Jahr sogar den Hubschrauber gejubelt.«

»Ja aber doch nur weil seine Eltern nicht aufgepasst hatten, als er ihn aus dem Fenster warf, um zu sehen, wie gut das Ding fliegt.«

»Was wird er erst mit der Bahn anstellen?« Verzweiflung machte sich auf seinem Gesicht breit.

Edwina machte lediglich eine wegwerfende Handbewegung und öffnete den nächsten Beutel.

»Hm, das kann ich jetzt nicht auspacken. Das ist für dich.«

»Oh wie toll! Der Weihnachtsmann denkt auch an mich«, spottete Klaus. »Warum konnten wir nicht einfach in Urlaub fahren?«

»Nach Bayern? Glaubst du etwa, die feiern kein Weihnachten?« Ärger stieg in ihr auf.

»Es wird doch auf diesem Planeten irgendwo einen Ort geben, wo die Menschen nicht diesem beknackten Brauch folgen!«

»Was heißt beknackter Brauch?«, fragte Edwina, den Tränen nahe.

»Es beginnt doch schon mit der Adventszeit«, begann er seine Ausführung und lief dabei im Zimmer auf und ab. »Überall erschallt weihnachtliches Gedudel. Hektisch werden Geschenke besorgt, die eh niemand braucht. An Heiligabend schleppen alle einen piksenden, stacheligen Baum in die Bude und behängen das Ding mit irgendwelchen kitschigen Kugeln und Figürchen. Dazu steht die Dame des Hauses bereits vom Morgen an in der Küche, um ihren Lieben was Besonderes zu kredenzen.«

»Das gehört doch einfach dazu. Warum willst du das nicht verstehen? Ich koche uns jetzt erst mal einen Kaffee.«

Sie verschwand in der Küche. Klaus hörte sie dort herum rumoren. Lächelnd kam sie mit einem Teller Gebäck auf ihn zu.

»Schau mal. Ich habe aus der Bäckerei einige Plätzchen mitgebracht. Sie sind ganz frisch, waren noch warm, als ich sie gekauft habe.«

Sie verschwand abermals in der Küche und kam mit Tassen, Zucker, Milch und Kaffeekanne auf einem Tablett zurück.

»Jetzt machen wir es uns gemütlich. So ein bisschen Adventsstimmung kann nicht schaden.«

Sie stellte noch eine Kerze auf den Tisch und zündete diese an. Sofort verströmte das brennende Licht einen Geruch nach gebrannten Mandeln. Sie lächelte ihren Mann an und hielt ihm die Kekse hin. Klaus öffnete seinen Mund, um etwas zu sagen, aber er war einfach sprachlos. Sein Gesicht erinnerte Edwina in diesem Moment an ein Filmplakat, auf dem ihr Jack Nicholson aus dem Film Shining entgegen starrte. Er nahm den Gebäckteller und setzte sich neben seine Frau. Ganz ruhig griff er einen der Kekse und hielt ihn seiner Frau entgegen.

»Iß!«, forderte er Edwina mit unheimlich ruhiger Stimme auf. Dann packte er sie und schob ihr eine ganze Handvoll Plätzchen in den Mund. »Komm! Sie sind alle für dich!«

Sie verschluckte sich und begann zu husten.

»Weiter! Die nächsten!«

Er umklammerte ihren Hals und stopfte Spritzgebäck und Vanillekipferln in ihn hinein. Sie versuchte sich aus seiner Umklammerung zu befreien, rang nach Luft und versuchte, das Weihnachtsgebäck aus ihrem Rachen heraus zu bekommen. Er war jedoch stärker und sie hauchte röchelnd ihr Leben aus. Eine Weile betrachtete er sein Werk. Er setzte sie gerade hin, legte ihre Hände mit nach oben geöffneten Flächen neben sie und setzte in jede ein Teelicht.

»Mit Vanilleduft! Das magst du doch so! Ist eben ein typischer Weihnachtsduft. Jetzt kannst du hier alleine feiern. Das wird sicher eine riesengroße Überraschung für deine Lieben zum Fest! Ihr könnt mich alle mal ...«

Klaus zog sich seine Schuhe an, streifte die dicke Jacke über und trat hinaus auf die Straße. Sein Nachbar huschte mit einem kurzen Gruß mit seinem Dackel an ihm vorüber. Schneeflocken fielen vom Himmel und aus dem Haus gegenüber klang an diesem Adventsabend *Alle Jahre wieder* gedämpft und friedvoll zu ihm herüber.

Der Seidenschal

Ferdinand stand am Fenster seines kleinen Fachwerkhauses. Er schob die Gardinen zur Seite und öffnete es. Frische Morgenluft strömte herein und er sog sie gierig durch die Nase ein. Es war wieder einmal Ende April, genau der Dreißigste. Die ersten Frühlingsboten durchbrachen den noch kalten Boden, um sich in der Sonne zu wärmen, Energie zu tanken, weiter zu wachsen und Blüten zu bilden.

Er brühte sich einen Tee auf und setzte sich, nachdem er das Fenster geschlossen hatte, an den Tisch davor. Er überlegte kurz, seufzte und holte aus einem Schrank in der Eingangsdiele ein kleines Holzkästchen aus fast schwarzem Eibenholz. Ihm entnahm er einen Seidenschal, den er vorsichtig durch seine Finger gleiten ließ und auseinanderfaltete.

Er hielt den Schal zwischen seinen ausgestreckten Armen und betrachtete das Muster darauf. Er bestand aus einer irisierenden Seide und die Fäden endeten in gleichmäßig verknoteten Fransen. Auf einem Meter und neunundsechzig ordneten sich zwölf goldene Knoten in einer Reihe auf einem nachtblauen Untergrund an, indem sie sich ineinander verschlangen. Es sah aus, als hakten sich ihre Enden unter. Sämtliche Schlingen besaßen ein Band, das mit ihnen mitlief und sich jeweils durch eine andere Farbe auswies. In burgunderrot, sonnen- und zitronengelb, oliv-, tannen- und meergrün, himmel- und saphirblau, apricot, kupferfarben sowie creme- und perlmuttweiß zog jeder Streifen seine Bahn um einen Knoten. Beim Übergang zur nächsten Linie verliefen die Farbtöne ineinander. Er legte das Tuch vorsichtig zusammen und steckte es in seine Jackentasche.

Der Schal gehörte einst seiner Frau Nora. Vor 39 Jahren verstarb sie, verschwand plötzlich aus seinem Leben. Er war nicht ganz unschuldig an ihrem Tod, glaubte er jedenfalls. Bis heute verfolgte ihn seine Neugierde von damals. Hätte er sich doch bloß zurückgehalten. Warum hatte er ihr nicht einfach vertraut? Was geschah vor 39 Jahren? Ferdinand setzte sich, erneut einen Seufzer ausstoßend, an den Tisch im kleinen Wohnraum.

Er hasste den Schal. Gleichzeitig liebte er ihn als Erinnerungsstück an seine Frau. Er konnte sich nicht von ihm trennen, egal, wie sehr er dies wollte. Er schmiss das verfluchte Ding bereits in seine Mülltonne, fischte ihn aber wie unter Zwang heraus. Wochen später versuchte er ihn aus einem fahrenden Zug zu werfen; allerdings flog er an einem anderen Zugfenster wieder herein und man gab ihn an ihn zurück. Alle drei Jahre probierte er, ob es ihm nicht doch gelänge, das Tuch loszuwerden.

Jetzt saß er abermals da und grübelte. Warum war er ihr nachgegangen? Weshalb konnte er sie nicht diesen einen Tag von 365 etwas mit ihren Freundinnen unternehmen lassen? War er misstrauisch oder gar eifersüchtig? Nein, das war es nicht gewesen, was ihn antrieb. Es war reine Neugierde. Er wollte einfach nur wissen, was die Frauen da trieben. Das Ergebnis war Noras Tod. Und das, was er alle drei Jahre tun musste. Wohlgemerkt musste, nicht wollte.

Was war damals vor 39 Jahren geschehen? Nora traf sich, einmal im Jahr am 30. April, mit ihren Freundinnen. An diesem besagten 30. April vor 39 Jahren folgte unglücklicherweise Ferdinand seiner besseren Hälfte. Nur um zu sehen, was der Weiberhaufen so machte, jedes Jahr zur gleichen Zeit.

Die Frauen versammelten sich bei Berta Müngersfeld, einem älteren Weibsbild mit einem kleinen Buckel. Es verlieh ihr etwas Hexenähnliches. Zudem besaß sie auch noch eine Katze. Es handelte sich um ein pechschwarzes Tier mit giftgrünen Augen. Berta wohnte in einem ärmlichen Haus außerhalb des Ortes, direkt am Wald.

Ferdinand sah, wie sich die Damen um ein Feuer im Garten gruppierten. Zum Grillen schossen die Flammen viel zu sehr in die Höhe. Was also taten sie an jenem Ort? Ferdinand schlich näher heran. Womit er allerdings nicht rechnete, war der verflixte Kater von Berta. Das Vieh preschte auf ihn zu, sprang auf seine Schulter und klammerte sich dort fest, indem es seine Krallen tief in sein Fleisch bohrte.

»Du verdammtes, schwarzes Monster!«, schrie er die Katze an.

Sein Geschrei zog sofort die Aufmerksamkeit der anwesenden Damenrunde auf sich. Berta kam breit grinsend auf ihn zu.

»Komm da runter, Luzifer«, forderte sie das Tier auf.

Während der Kater auf Bertas Arme kletterte, funkelte er Ferdinand mit seinen grünen Augen an. Dieser glaubte, in den Pupillen des Viechs kleine Flammen lodern zu sehen.

»Komm mit!«, befahl Berta Ferdinand.

Ihr Tonfall ließ keinen Widerspruch zu. Also gehorchte er und trabte hinter ihr her zum Feuer.

»Das ist doch dein Mann, nicht wahr Nora?«

»Ja. Allerdings ich weiß nicht, was er hier zu suchen hat.«

Nora sah ihn fragend an. Zwischen ihren Augen entstand eine steile Falte, die anzeigte, dass sie ziemlich sauer war.

»Du weißt, was nun geschieht?«, fragte Berta immer noch lächelnd.

»Ja, aber ...«, versuchte Nora nun ein wenig kleinlaut.

»Es gibt kein Wenn und Aber. Das hätte nicht passieren dürfen! Als du ihn heiraten wolltest, habe ich dich gewarnt, dass so etwas geschehen könnte. Du hast nicht auf meine Warnung gehört. Nun musst du halt ausbaden, was du dir, beziehungsweise er dir eingebrockt hat!«, fauchte Berta nun mit blitzenden Augen.

»Dürfte ich auch mal was sagen?«, versuchte Ferdinand, auf sich aufmerksam zu machen.

»Nein!«, zischte die Alte ihn an.

»Bitte nicht«, jammerte Nora.

»Komm her!«, befahl Berta ihr. »Meine lieben Schwestern! Was hier heute Abend passiert ist, muss unter uns bleiben. Nora und Ferdinand können nicht umhin, sich dem Gericht zu stellen.«

»Welchem Gericht?«, fragte Ferdinand.

»Dem hohen Gericht der Mitternachtshexen.«

»So ein Blödsinn!«, stellte Ferdinand fest.

»Was hier Blödsinn ist, erfährst du gleich.«

Die Gruppe der Frauen schloss Ferdinand, Nora und Berta in einem Kreis vor dem Feuer ein.

»Du Nora sollst den Flammen übergeben werden. So will es der Brauch!«, urteilte die Alte. »Und du Ferdinand wirst dich alle drei Jahre erneut verlieben. Aber ...«, sie zog einen nachtblauen Seidenschal aus einer ihrer Taschen und hob ihn in die Höhe. »Aber du musst sie mit diesem Tuch erdrosseln. Und für jede Verstorbene erhält der Schal einen Knoten als Muster. Und ...

du bist nicht in der Lage, es zu verhindern. Niemals!« Sie grinste ihn diabolisch an.

»Was soll der Unfug?«, wollte er wissen.

»Kein Unfug«, versicherte sie und schüttelte den Kopf. »Schwestern! Erfüllt das Urteil!«

Die Frauen begannen, eine unheimliche Melodie zu summen, packten Nora und stießen sie in das Feuer. Ohne einen Ton zu sagen oder auch vor Angst zu schreien, ging sie in einem lauten Zischen in einer blauen Flamme auf. Das war alles. Ferdinand wurde schwarz vor Augen.

Als er zu sich kam, lag er auf dem Sofa in seinem Haus. Er richtete sich auf. Und dann sah er auf dem Tisch ein kleines Holzkästchen stehen, das einen Seidenschal enthielt, auf dem sich ein goldener Knoten mit einem burgunderroten Band befand. Er versteckte das Kästchen mit dem Tuch im Dielenschrank.

Er versuchte, das Geschehene zu vergessen. Nach ungefähr drei Jahren lernte er Karoline kennen. Dann kam der 30. April und damit nahm das Unheil seinen Lauf. Ferdinand war sich nicht einmal bewusst, dass er den Schal in die Tasche steckte. Während er Karoline küsste, legte er den Seidenschal um ihren Hals und zog zu. Als sie tot war, erschien ein weiterer Knoten auf dem Tuch. Karoline verschwand. Sie löste sich vor seinen Augen in Luft auf, als hätte es sie nie gegeben.

Im Verlauf der nächsten Jahre versuchte Ferdinand, mehrmals das verfluchte Ding loszuwerden. Ein Erfolg blieb ihm stets verwehrt.

So saß er heute abermals in seinem Haus und wartete darauf, dass Klara erschien. Genauso wie die anderen war sie dem Tode geweiht. Sie würde die Dreizehnte sein. Ferdinand war auf einmal so müde. Er wollte das nicht immer wieder erleben. Aber wie sollte er den Fluch durchbrechen? Es fiel ihm einfach nichts ein, so sehr er sich auch anstrengte, eine Lösung zu finden. Er begann, im Raum hin und her zu laufen, als es klingelte.

Klara stand vor der Tür. Er musste ihr öffnen, konnte sich dagegen nicht wehren. Den Abend erlebte sie nicht mehr. Und auf dem Seidenschal erschien ein weiterer Knoten, dieses Mal mit einem feuerroten Band.

Ferdinand begann zu weinen. Er schluchzte laut vor sich hin, versuchte das verdammte Tuch zu zerreißen. Aber es klappte nicht. Auch war niemand da, dem er sich hätte anvertrauen können.

Wer glaubte schon an Hexen oder gar Flüche? Niemand!

Plötzlich stutzte er. Eine Idee flackerte in ihm auf. Dazu brauchte er den Schal. Er nahm ihn aus dem Kästchen und ließ ihn, wie bereits so oft in den letzten Jahren, durch seine Finger gleiten. Daraufhin stieg er die Treppe zur Dachkammer hinauf, knüpfte einen Knoten in das Tuch und befestigte es, indem er auf einen alten Stuhl kletterte, an einem der freiliegenden Sparren. Dann steckte er seinen Kopf in die Schlaufe, schloss die Augen und sprang vom Stuhl. Er war sofort tot.

Ferdinand wurde niemals gefunden. Er war einfach verschwunden, wie alle seine großen Lieben. Zurück blieb nur ein nachtblauer, irisierender Seidenschal, ohne jegliches Muster, der von einem Dachbalken herunterhing.

Berta Müngersfeld betrat die Dachkammer in dem Haus, in dem einst Ferdinand gewohnt hatte.

»Komm her, mein Schatz«, sagte sie lächelnd zu dem Seidenschal und packte ihn das Holzkästchen. Dann verschwanden beide.

Brutus

Er stürmte aus dem Haus, hastete über die Terrasse, übersprang drei Stufen und landete auf dem weißen Kiesweg, der sich vor einem buchsbaumumrandeten Beet mit einer Trauerrose in zwei weitere Wege aufgabelte. Die Pfade mäandrierten durch den parkähnlichen Garten und vereinigten sich auf einer Holzbrücke über einem Teich zu einem Steg. Hier kam er zum Stehen, holte tief Luft und setzte sich mitten auf die Brücke. Das war sein Lieblingsplatz. Ein künstlicher Bachlauf schlängelte sich zwischen Beeten mit Azaleen, Rosen und Stauden, deren erste grüne Triebe sich aus dem Boden arbeiteten. Er beobachtete eine Kohlmeise, die auf der Trauerweide neben dem kleinen See die dünnen Zweige entlang hüpfte. Ganz oben hielt sie inne und stimmte ihr Lied an. Er ließ seinen Blick über den kurzgeschorenen Rasen schweifen mit den Büscheln aus gelbblühenden Narzissen und weißen Schneeglöckchen, die wie winzige Tupfen aus dem Gras hervorstachen.

Er betrachtete sein Spiegelbild im sich sanft kräuselnden See. Sein sandfarbenes Haar war kurz und glänzend. Seine braunen Augen schauten ihn groß aus dem Wasser an. Sie gaben seinem Gesicht einen treuherzigen Ausdruck und dem vermochte sich kaum jemand zu entziehen. Die etwas platte Nase passte nicht ganz dazu. Er war leicht übergewichtig, das führte er auf den ausgiebigen Konsum der Leckereien in der Küche zurück. Er war halt kein Kostverächter. Ob sein Name gefiel, darüber konnte man streiten. Aber er hieß nun einmal Brutus. Freunde nannten ihn meist lapidar Bru.

Es würde nicht ewig dauern und sie würden ihn holen kommen. Dabei begann der Tag so gut.

Er und Paul schliefen an diesem Sonntag aus, frühstückten gemeinsam und fuhren anschließend zum Joggen in den nahen Wald. Kurz vor Mittag trudelten sie wieder zu Hause ein. Während Paul in der Küche herumhantierte, streckte er sich lang auf dem Sofa aus. Er döste vor sich hin, als das schrille Läuten an der Tür ihn hochriss. Paul öffnete und kam mit einer jungen Frau herein.

»Darf ich dir Brutus vorstellen«, sagte Paul und führte die Blondine zur Couch.

»Freut mich, dich kennenzulernen. Ich bin Julia.« Sie lächelte ihn freundlich an.

Hübsch ist sie, dachte Bru und nickte ihr zu. Er betrachtete sie argwöhnisch, stand auf und trottete in die Küche. Er hatte Durst und löschte ihn mit Wasser. Er trank gerne einfaches Leitungswasser. Wenn er Mineralwasser zu sich nahm, bekam er meist Bauchschmerzen, musste fürchterlich aufstoßen und was ihm besonders peinlich war, waren die anschließenden Blähungen.

Als er zurückkam, saßen die beiden nebeneinander auf dem Sofa, ein Glas Rotwein in der Hand.

Jetzt bin ich ja wohl überflüssig, dachte Brutus und stolzierte mit erhobenem Kopf an ihnen vorbei. Er lief die Treppe hoch ins Schlafzimmer und rollte sich auf dem Bett zusammen.

Er hörte sie unten, wie sie miteinander redeten. Ab und zu ertönte ein Kichern oder sogar lautes Gelächter.

Wahrscheinlich lachen sie mich aus, grübelte Bru schmollend.

Er versank dermaßen in seine Gedanken, dass er nicht hörte, dass Paul mit Julia im Schlepptau die Tür zum Schlafzimmer öffnete.

»Nun sieh dir diese Schmollbacke an«, lachte Paul.

»Warum bist du sauer?«, fragte Julia und strich Brutus sanft über den Kopf.

Das konnte er absolut nicht leiden. Er sprang auf, stürmte an ihnen vorbei und blieb erst in der Küche wieder stehen. Er atmete tief durch, setzte sich hin und zerbrach sich das Hirn darüber, was zu tun sei.

Wenn hier einer geht, dann die blöde Tussi, überlegte er. Ist doch immer das gleiche Spiel. Da hat man einen guten Freund und jedes Mal kommt so ein dummes Weibsbild, knutscht und kichert mit ihm herum und ich bin schließlich nur noch Nebensache.

Er hörte die beiden die Stufen herabkommen.

Jetzt werde ich die Sache mal ein wenig ins Rollen bringen, munterte er sich auf.

Er rannte los in Richtung Aufgang, sah Pauls und Julias verdutzte Gesichter und schoss mitten zwischen ihnen hindurch. Daraufhin verloren sie das Gleichgewicht, weil sie versuchten ihm auszuweichen. Das Unvermeidliche geschah, Paul startete den Versuch, Julia aufzufangen, die wiederum durch eine Drehung hoffte, den Schwung abzufangen und so stürzten in der Folge beide, sich umklammernd, die Treppe hinab. An deren Ende blieben sie regungslos liegen.

Brutus saß auf der obersten Trittfläche. Er hatte sich das Ganze angesehen, als wäre er Gast in der Loge eines Schauspielhauses. Er ging langsam die Stufen hinunter. Unten angekommen besah er sich das Pärchen. Sie lagen da, hielten sich immer noch an den Armen und starrten mit schreckensweit geöffneten Augen an die Decke.

Selber Schuld, dachte Bru und trottete an ihnen vorbei, Richtung Terrasse.

Er blickte durch die Gittermaschen der Umzäunung. Zwei Männer traten darauf zu.

»Sie interessieren sich für den sandfarbenen Mops? Armer Kerl«, meinte der Jüngere. »Das war nun schon sein fünftes Herrchen. Hoffentlich hat er bei Ihnen mehr Glück.«

Der Stollen

Marco und Julian kämpften sich durch das Gebüsch den langsam steiler werdenden Hang hinauf. Immer wieder blieben sie mit ihren Rucksäcken in den Zweigen der Haselsträucher hängen. Sie hatten Ferien und sich für diesen Tag etwas ganz Besonderes ausgedacht.

»Ist es noch weit?«, wollte Julian wissen.

»Nein. Nur noch ungefähr hundert Meter. Siehst Du die große Eiche da hinten?« Marco zeigte am Hang nach oben und blinzelte in das gleißende Licht der Sonne, die noch nicht ihren höchsten Stand erreicht hatte.

Julian nickte und sie gingen weiter. Das Haselgebüsch endete vor einer Felswand. Hier krallte sich auch eine gewaltige Eiche mit ihren Wurzeln im steinigen Untergrund fest.

»Da ist es!«, sagte Marco und zeigte auf eine mit verrotteten Brettern verschlossene Öffnung im Fels.

Die beiden Jungen gingen hin, entfernten einige der Holzstücke, darunter ein kaum noch lesbares Warnschild, das das Betreten des Stollens untersagte. Sie schauten in die Dunkelheit des Stollens, nahmen ihre Rucksäcke ab und kramten jeder eine Taschenlampe aus deren Tiefen hervor.

»Hast Du Ersatzbatterien mitgenommen?«, erkundigte sich Julian. »Ich habe meine vergessen.«

»So ein Pech aber auch! Ich habe auch keine bei«, Marco schüttete den Inhalt seines Rucksackes auf den Boden. »Dabei hatte ich alles bereit gelegt«, schimpfte er weiter und stopfte alles zurück.

»Naja«, lachte Julian, »jedenfalls hast Du genug zum Essen dabei. Willst Du den Rest der Woche da drin verbringen?«

»Nee! Komm, gehen wir rein!«

Die Wände und der Boden glitzerten feucht im Strahl der Taschenlampen. Vorsichtig tasteten sich die beiden Dreizehnjährigen durch den schmalen Gang. Nach ungefähr einhundert Metern bog er scharf nach rechts ab. Außerdem bemerkten sie, dass der Weg leicht abwärts führte. Sie liefen weiter, bis sie an eine Gabelung kamen.

»Was jetzt?«, fragte Julian und kratzte sich hinter seinem linken Ohr. Das tat er immer, wenn er über etwas nachdachte.

»Laufen wir einfach immer rechtsrum, wenn wir uns entscheiden müssen. Dann finden wir auch gut zurück«, schlug Marco vor.

»Prima Idee«, stimmte sein Freund ihm zu.

Als sie abbogen, hörten sie in der Ferne ein Klopfen. Sie schauten sich an.

»Komm weiter!«, hielt Marco seinen Gefährten an.

»Was war das?«

»Sicher nur ein Echo unserer Schritte oder so was«, meinte Marco lapidar.

Vor ihnen kicherte jemand, auch das Klopfen ertönte wieder.

»Hallo! Ist da jemand?«, rief Marco.

Keine Antwort kam aus dem Dunkel.

»Sollen wir umkehren?«, fragte Julian.

»Ach, Quatsch! Oder glaubst Du etwa an Gespenster?«, spöttelte Marco und wanderte langsam weiter. »Pass auf! Stoß Dir nicht den Kopf. Der Gang ist hier niedriger geworden.«

Vor sich vernahmen sie Schritte und dann Hämmern und Klopfen. Steine prasselten auf den

Felsboden. Marco leuchtete in die entsprechende Richtung. Aber da war nichts außer Dunkelheit. Sie schlichen gerade um die nächste Biegung, als sie hinter sich ein lautes Poltern und Rumpeln wahrnahmen. Große Steinbrocken rollten vor ihre Füße.

Marco drehte sich nach seinem Freund um. Julian lag mit schmerzverzerrtem Gesicht am Boden und jammerte.

»Verdammt!«, fluchte Marco, kniete sich im Schein der Taschenlampe neben seinen Freund.

»Mein Bein tut so weh. Ist es gebrochen?«

»Ich weiß nicht. Komm, versuch aufzustehen«, schlug Marco vor und half Julian hoch. »Kannst Du weiter? Ich werde Dich stützen.«

»Meine Taschenlampe ist kaputt.«

Durch den humpelnden Julian, der sich schwer auf Marco abstützte, kamen sie nur sehr langsam weiter. Die Dunkelheit vor ihnen schien sich noch zu verdichten. Marco bemerkte, dass die Batterien wohl in der nächsten Zeit ihren Geist aufgeben würden.

Erneut ertönte vor ihnen ein Kichern. Daraufhin verlosch die Taschenlampe. Sie standen im Stockfinsteren, konnten absolut nichts mehr erkennen. Marco tastete sich vorsichtig mit der freien Hand an der Wand entlang. Er versuchte angestrengt, vor sich irgendetwas zu erkennen. Aber da war nichts, außer absoluter Finsternis. Oder?

Marco starrte nach vorne. War da nicht ein Lichtschein in der Ferne?

»Siehst Du das auch?«, wandte er sich an seinen Freund.

»Nee, ich sehe gar nichts.«

Der Lichtpunkt bewegte sich, kam näher und wurde größer, bis eine Lampe zu erkennen war. Mit der Lampe tauchte eine Gestalt aus dem Dunkel auf. Es handelte sich um einen Greis mit einem merkwürdigen braunen Umhang, der eine Kapuze besaß. Dazu trug er eine Hose aus einem groben schwarzen Stoff. Das Merkwürdigste an ihm war jedoch seine Größe. Er maß höchstens eineinhalb Meter und erinnerte Marco an einen der Gartenzwerge im Garten seines Großvaters.

Das Männchen sprach nicht viel, er bedeutete Marco, ihm zu folgen. Der Junge schleppte seinen Freund weiter durch die Gänge.

»Weißt Du wo es lang geht?«, erkundigte sich Julian. »Es ist doch stockduster.«

»Ich nicht, aber er offenbar schon«, versuchte Marco zu antworten.

»Wer?!«

Bevor Marco antworten konnte, zeigte der Alte auf die Wand und begann zu erzählen: »Schau her. Hier wurde früher Eisen abgebaut. Ist schon lange her. Hast Du schon einmal Erz gesehen?«, fragte das Männchen und hüpfte von einer Seite zur anderen.

Marco war verblüfft über die Erklärung und schüttelte nur seinen Kopf.

»Stoßt euch nicht den Kopf an den alten morschen Balken. Sonst bringt ihr womöglich noch den Rest der Mine zum Einstürzen«, meinte der Greis kichernd.

»Wer sind Sie?«, wollte Marco wissen.

»Wer ist wer?«, fragte Julian verdutzt.

Der Alte antwortete nicht, zeigte nur den Gang entlang. Marcos Blick folgte seinem Finger und er sah in der Ferne einen Lichtschimmer.

»Da ist der Ausgang«, erklärte der alte Mann. Dann verschwand er mit einem Lächeln …

Neulich im Dschungel

Am Vormittag erwärmte die Sonne Luft und Boden unter und über den Bäumen des Regenwaldes. Die verdunstende Feuchte vom Regen und den Ausscheidungen der Blätter stieg als feuchtwarmer Wasserschwaden nach oben. Am Himmel ballte sich die Feuchtigkeit zu dichten Wolken zusammen.

Schnell kroch die Dämmerung zwischen den Bäumen hindurch. Das Laub rauschte leise, während der Wind kaum merklich hindurchwehte. Als die Sonne hinter der Wolkenformation fast versunken war, setzte ein leichter Sprühregen ein. Mit der Zeit verwandelte sich das sanfte Nieseln in einen stürmischen Gewitterregen. Die schweren Tropfen prasselten auf das Blätterdach.

Die Tiere des Dschungels suchten Schutz in ihren Höhlen, Bauen oder saßen einfach nur im Innern einer dichten Belaubung, über der das Wasser herabrann. Auf dem Boden bildeten sich Pfützen; manche vereinigten sich zu kleinen

Rinnsalen und rannen mitten unter den mächtigen Stämmen der Urwaldriesen hindurch.

Ihr Kleid war dunkelgrün, abgesetzt mit unregelmäßigen Querbändern in weiß. Sie hatte einen hübschen herzförmigen Kopf mit schwarzen Augen, in denen sich eine senkrecht geschlitzte Pupille befand. Sie schlängelte sich zwischen den Baumstämmen durch, richtete sich auf und nahm ein Wärmeschema in der Ferne wahr. Entlang ihrer Ober- und Unterlippe saßen in einer Schuppenreihe wärmeempfindliche Sinnesgruben. Sie ermöglichten es der Hundskopfboa, sich auch bei vollkommener Dunkelheit auf die Jagd zu begeben. Sie wohnte auf Bäumen und nutzte diese tagsüber zum Ruhen. Die eigentliche Pirsch fand für den hervorragenden Kletterer allerdings meist auf dem Boden statt.

Das Wärmebild zeigte ihr, dass die Beute zu groß für sie sein würde. Also richtete sie ihren Blick auf den nächsten Baum. Oben, fast in der Krone befand sich etwas, dass ihre Aufmerksamkeit auf sich zog. Während sie langsam näher kroch, beobachtete sie ständig ihr Opfer. Vorsichtig zog sie sich den Stamm hinauf. Sie fraß zwar auch Ratten, gelegentlich einen Frosch, verschmähte ebenso wenig den ein oder anderen Jungvogel. Aber das anvisierte Tierchen mit seinem weichen, kurzen Fell, den großen Augen und dem Schwanz, der genauso lang wie sein Körper war, zog ihre volle Aufmerksamkeit auf sich. Mausmakis, wie sie nachtaktiv, allerdings hauptsächlich Früchte, Blüten, Nektar und Blätter fressend, ab und an sogar mal ein Insekt, gehörten zu ihrer Lieblingsspeise. Absolut geräuschlos pirschte sie sich an das winzige Geschöpf heran, griff blitzschnell zu und schlang ihren geschmeidigen Leib um ihre Beute. Als das Maki tot war, klinkte die Boa ihren Unterkiefer aus und verschlang es.

Der Regen hörte auf und es erklang nur noch das gelegentliche Geräusch eines Wassertropfens, wenn er von einem Blatt herabrollte und auf die Erde platschte. Gesättigt verkroch sich die Schlange unter dem Blätterdach eines benachbarten Baumriesen und schlief ein, während ein neuer Tag im Dschungel begann.

Am gleichen Vormittag erwärmte die Sonne Luft und Boden zwischen den Wolkenkratzern einer Großstadt. Im Laufe des Tages zogen vom Westen her dicke, schwarze Wolken heran.

Unten auf der Straße rauschte der Verkehr durch die Häuserschluchten. Ein aufkommender Wind wirbelte Papierfetzen und Staub über die Fahrbahn. Ein leichter Sprühregen setzte ein. Langsam verwandelte er sich in einen Gewitterregen, dessen schwere Tropfen auf den grauen Asphalt prasselten.

Die Bewohner suchten Schutz in Geschäftspassagen, Cafés oder in ihrem Auto. Das feuchte Element floss von Regenschirmen, Hüten und Dächern herab. Auf den Gehwegen bildeten sich Pfützen, in die die Menschen traten und deren Wasser dann in einem Rinnsal auf die Fahrbahn zwischen die Autos rann, die das Nass beim Hindurchfahren in einer Gischtwolke versprühten.

Über ihr dunkelgrünes Kleid verlief ein weißes Muster in unregelmäßigen Querbändern. In ihrem hübschen, herzförmigen Gesicht fielen besonders die dunklen Augen auf, in denen nicht einmal die Pupillen erkennbar waren. Sie schlängelte sich, elegant die Hüften schwingend, durch den dichten Feierabendverkehr, richtete sich plötzlich auf und nahm in der Ferne einen Mann wahr. Sie wohnte am Rande der Stadt und nutzte ihre Wohnung tagsüber zum Ausruhen. Jetzt befand sie sich auf der Jagd. Die eigentliche Pirsch fand hier in den Häuserschluchten statt.

Als sie sich der Person näherte, zeigte sich, dass er doch nicht ihrem Beuteschema entsprach. Aus der Entfernung erschien er ganz anders. Also lenkte sie ihren Blick wieder auf die Menschenmenge, die entlang der Gehwege heimwärts strömten. In der Nähe einer Bushaltestelle stand jemand, der ihr Augenmerk auf sich zog. Während sie langsam an ihn heranschlich, beobachtete sie ständig ihr Opfer. Vorsichtig blieb sie neben ihm stehen. Sie lud zwar ältere Herren zu sich ein, gelegentlich einen Obdachlosen, verschmähte ebenso wenig einen Bodybuilder, wenn es um ihren Spaß ging. Aber der Anvisierte mit seinem blonden, kurzen Haar, dem dunkelblauen Wollmantel und der teuren Aktentasche von Aigner, zog ihre volle Aufmerksamkeit auf sich. Männer, wie sie reich, allerdings hauptsächlich auf ihre Arbeit und das Anreichern von Vermögen fixiert, gehörten zu ihren Favoriten. Sie pirschte sich dicht an ihn heran, stach mit einer winzigen Nadel, die mit dem schnell wirksamen Curare versehen war, zu. Er bemerkte es nicht einmal, sah sie nur verdutzt an, bevor er lautlos auf den Boden sank. Rasch bildete sich eine Traube von Menschen um den Dahingesunkenen. Niemand beachtete sie, während sie sich die Mappe griff und in der Menge verschwand.

Zuhause angekommen, entnahm sie ihrem Kühlschrank einen Piccolo, schüttete sich einige Kräcker aus einer Schachtel in eine Schale und machte es sich auf dem Sofa bequem. Sie fand in der erbeuteten Tasche einen Stapel Aktien und ein Notebook. Daneben enthielten zwei der kleineren Fächer eine Geldbörse sowie ein Notizbuch mit Passwörtern. Sie lächelte über die Dummheit des Mannes.

Der Regen hörte auf und es erklang nur noch das gelegentliche Geräusch eines Wassertropfens, wenn er von einem Baum herabrollte und auf die Terrasse platschte. Zufrieden verkroch sie sich in ihr Bett und schlief ein, während die Sonne am Horizont auftauchte und ein neuer Tag im Großstadtdschungel begann.